아픈건 싫으니까 방어력에 올인 하려고 합니다.

[글] 유우미칸 [일러스트] 코인

12

벨벳

Velvet's STATUS

Lv92

HP 800/800

MP 170/170

[STR 50]

[VIT 30]

[AGI 60]

[DEX 10]

[INT 20]

Welcome

"NewW

Online

「메이플, 가자!」

두 사람의 한쪽 팔이 거대한 레이저포로 변하고,

그 포구가 아래에 있는 큐브를 단단히 조준한다.

보스의 히든 공격 카운터에서

【멸살영역】────！

메이플이 선언하자 등에서 검은 날개가 펼쳐지고

머리 위에서 검붉은 빛을 내는 고리가 출현한다.

스킬 이름과 효과로 봐서

발을 들인 자는 무사히 넘어가지 않을 것 같다.

SKILL Outclass / Offense Stance / Martial arts X / Divine fist X /
Knowledge of Fighting X / Secret of Fighting VI /
Knowledge of Magic X / HP Enhancement large /
MP Enhancement large / STR Enhancement large /
Attack Enhancement large / Power Boost / Magic Boost /
Poison ineffective / Paralysis ineffective / Stun ineffective /
Sleep Resistance large / Freeze Resistance medium /
Burn Resistance large / Throwing / Hard-body / Iron knuckle

Velvet's STATUS
Lv92 HP 800/800   MP 170/170
[STR 50] [VIT 30] [AGI 60] [DEX 10] [INT 20]

아프른 건
싫으니까
방어력에
올인하려고
합니다.

[글] 유우미칸   [일러스트] 코인

12

Welcome to
"NewWorld Online".

CONTENTS

All points are divided to VIT.
Because
a painful one isn't liked.

NewWorld Online STATUS ‖ GUILD 단풍나무

‖ NAME 메이플 ‖ Maple LV **68**

HP 200/200 MP 22/22

PROFILE
강하고 튼튼한 방패 유저

게임 초심자였지만 방어력에 모든 능력치를 투자해 어떤 공격에도 대미지가 뜨지 않는 단단한 방패 유저가 되었다. 뭐든지 즐길 수 있는 솔직한 성격으로, 종종 엉뚱한 발상으로 주위를 놀라게 한다. 전투에서는 온갖 공격을 무효화하고 강력한 카운터 스킬을 퍼붓는다.

STATUS
STR 000 VIT 18690 AGI 000
DEX 000 INT 000

EQUIPMENT

‖ 초승달 skill 히드라

‖ 어둠의 모조품 skill 악식/심해의 부름

‖ 흑장미의 갑옷 skill 흘러나오는 혼돈

‖ 인연의 가교 ‖ 터프니스 링

‖ 생명의 반지

SKILL
【실드 어택】【몸놀림】【공격 피하기】【명상】【도발】【고무】【헤비 보디】

【HP강화(소)】【MP강화(소)】【심록의 가호】

【대형 방패의 소양IX】【커버 무브Ⅴ】【커버】【피어스 가드】【카운터】【퀵체인지】

【절대방어】【극악무도】【자이언트 킬링】【히드라 이터】【봄 이터】【쉽 이터】

【불굴의 수호자】【사이코 키네시스】【포트리스】【헌신의 자애】【기계신】【고독의 주법】【얼어붙는 대지】

【백귀야행Ⅰ】【천왕의 옥좌】【명계의 인연】【결정화】【대분화】【불괴의 방패】【반전재탄】【땅 조종술Ⅱ】

【마의 정점】

TAME MONSTER
‖ Name 시럽 높은 방어력을 자랑하는 거북이 몬스터.

【거대화】【정령포】【대자연】 etc.

NewWorld Online STATUS ▍GUILD 단풍나무

▍NAME **사 리** ▍Sally **LV 70**

HP 32/32 **MP** 130/130

PROFILE
절대 회피의 암살자

메이플의 절친이자 파트너. 똑부러진 소녀. 친구를 잘 챙기고, 메이플과 함께 게임을 즐기려고 한다. 전투 스타일은 경장비 단검 이도류로, 경이로운 집중력과 컨트롤 실력으로 온갖 공격을 회피한다.

STATUS
STR 140 **VIT** 000 **AGI** 185

DEX 045 **INT** 060

EQUIPMENT

▍심해의 대거   ▍해저의 대거

▍수면의 머플러 skill 신기루

▍대해의 코트 skill 대해

▍대해의 옷

▍죽은 자의 발 skill 황천으로 가는 걸음

▍인연의 가교

SKILL

【질풍 베기】【디펜스 브레이크】【고무】

【다운 어택】【파워 어택】【스위치 어택】【핀포인트 어택】

【연격검Ⅴ】【체술Ⅷ】【불 마법Ⅲ】【물 마법Ⅲ】【바람 마법Ⅲ】【흙 마법Ⅲ】【어둠 마법Ⅲ】【빛 마법Ⅲ】

【근력강화(대)】【연속공격 강화(대)】

【MP강화(대)】【MP컷(대)】【MP회복속도강화(대)】【독 내성(소)】【채집속도강화(소)】

【단검의 소양Ⅹ】【마법의 소양Ⅲ】【단검의 극의Ⅲ】

【상태이상 공격Ⅷ】【기척 차단Ⅲ】【기척 감지Ⅱ】【발소리 죽이기Ⅰ】【도약Ⅴ】【퀵체인지】

【요리Ⅰ】【낚시】【수영Ⅹ】【잠수Ⅹ】【털 깎기】

【초가속】【고대의 바다】【추인】【잔재주꾼】【검무】【매미 허물】【웹 슈터Ⅷ】【얼음기둥】【빙결영역】

【명계의 인연】【대분화】【물 조종술Ⅵ】【바꿔치기】

TAME MONSTER

▍Name **오보로**   다채로운 스킬로 적을 농락하는 여우 몬스터

【순영】【그림자 분신】【구속결계】etc.

NewWorld Online STATUS ‖ GUILD 단풍나무

‖ NAME 크롬 ‖ Kuromu LV 87

HP 940/940 MP 52/52

PROFILE
쓰러지지 않는 좀비 탱커

NWO에서 초반부터 이름이 알려진 상위 플레이어. 남들을 잘 돌봐주고 믿음직한 형 같은 존재. 메이플과 같은 방패 유저로, 어떤 공격에도 50% 확률로 HP 1을 남기고 버틸 수 있는 유니크 장비와 풍부한 회복 스킬이 어우러져 끈질기게 전선을 유지한다.

STATUS

STR 140 VIT 185 AGI 040

DEX 030 INT 020

EQUIPMENT

‖ 참수 skill 라이프 이터 생명포식

‖ 원령의 벽 skill 소울 드레인 혼

‖ 피투성이 해골 skill 소울이터 영혼포식

‖ 피로 물든 하얀 갑옷 skill 데드 오어 얼라이브

‖ 강건의 반지 ‖ 철벽의 반지

‖ 인연의 가교

SKILL

【돌진 찌르기】【속성검】【실드 어택】【몸놀림】【공격 피하기】【대방어】【도발】

【철벽체제】

【방벽】【아이언 보디】【헤비 보디】【수호자】

【HP강화(대)】【HP회복속도강화(대)】【MP강화(대)】【심록의 가호】

【대형 방패의 소양 X】【방어의 소양 X】【커버 무브 X】【커버】【피어스 가드】【멀티 커버】

【카운터】【가드 오라】【방어진형】【수호의 힘】【대형 방패의 극의 IX】【방어의 극의 VIII】

【독 무효】【마비 무효】【스턴 무효】【수면 무효】【빙결 무효】【화상 내성(대)】

【채굴 IV】【채집 VII】【털깎기】

【정령의 빛】【불굴의 수호자】【배틀 힐링】【사령의 진흙】【결정화】【활성화】

TAME MONSTER

‖ Name 네크로 몸에 걸치면 진가를 발휘하는 갑옷형 몬스터

【유령갑옷 장착】【충격반사】etc.

NewWorld Online STATUS ‖ GUILD 단풍나무

‖ NAME 이 즈 ‖ Iz **LV 71**

HP 100/100 **MP** 100/100

PROFILE
초일류 생산직

제작에 강한 애착과 긍지가 있는 생산 특화형
플레이어. 게임에서 마음대로 옷, 무기, 갑옷,
아이템 등을 만들 수 있다는 것에 매력을 느낀
다. 전투에는 최대한 엮이지 않으려는 스타일
이었지만, 최근에는 아이템으로 공격과 지원
을 담당하기도 한다.

STATUS

[STR] 045 [VIT] 020 [AGI] 090

[DEX] 210 [INT] 085

EQUIPMENT

‖ 대장장이의 해머 X

‖ 연금술사의 고글 skill 심술쟁이 연금술

‖ 연금술사의 롱코트 skill 마법공방

‖ 대장장이의 레깅스 X

‖ 연금술사의 부츠 skill 새로운 경지

‖ 포션 파우치   ‖ 아이템 파우치

‖ 인연의 가교

SKILL

【스트라이크】

【생산의 소양 X】【생산의 극의 X】

【강화성공확률강화(대)】【채집속도강화(대)】【채굴속도강화(대)】

【생산개수증가(대)】【생산속도강화(대)】

【상태이상공격 III】【발소리 죽이기 V】【멀리보기】

【대장 X】【재봉 X】【재배 X】【조합 X】【가공 X】【요리 X】【채굴 X】【채집 X】【수영 VII】【잠수 VIII】

【털깎기】

【대장장이 신의 가호 X】【관찰안】【특성부여 VII】【식물학】【광물학】

TAME MONSTER

‖ Name 페 이   아이템 제작을 지원하는 정령

【아이템 강화】【리사이클】 etc.

NewWorld Online STATUS ‖ GUILD 단풍나무

‖ NAME 카 스 미 ‖Kasumi Lv **84**

HP 435/435 MP 70/70

PROFILE
고고한 소드 댄서

솔로 플레이어로서도 높은 실력을 지닌 여성 칼잡이 플레이어. 한 발 물러서서 생각할 수 있는 차분한 성격으로 상식을 벗어난 메이플, 사리 콤비에게 언제나 놀람을 금치 못한다. 전황에 따라 다양한 도(刀) 스킬을 전개하며 싸운다.

STATUS

[STR] 205 [VIT] 080 [AGI] 115
[DEX] 030 [INT] 030

EQUIPMENT

‖ 자해의 요도 · 유카리 ‖ 분홍색 머리장식
‖ 벚꽃의 옷 ‖ 보라색 하카마
‖ 사무라이의 각반 ‖ 사무라이의 토시
‖ 금 허리띠 ‖ 벚꽃 문장
‖ 인연의 가교

SKILL

【일섬】【투구 쪼개기】【가드 브레이크】【후리기】【간파】【고무】【공격체제】
【도술X】【일도양단】【투척】【파워 오라】【갑옷 베기】
【HP강화(대)】【MP강화(중)】【공격강화(대)】【독 무효】【마비 무효】【스턴 내성(대)】【수면 내성(대)】
【빙결 내성(중)】【화상 내성(대)】
【장검의 소양X】【도의 소양X】【장검의 극의VIII】【도의 극의VIII】
【채굴IV】【채집VI】【잠수V】【수영VI】【도약VII】【털깎기】
【멀리보기】【불굴】【검기】【용맹】【괴력】【초가속】【전장의 마음가짐】【전장의 수라】【심안】

TAME MONSTER

‖ Name 하 쿠   안개 속에서 기습하는 것이 특기인 흰 뱀.
【초거대화】【마비독】 etc.

NewWorld Online STATUS ‖ GUILD 단풍나무

‖ NAME 카 나 데 ‖ Kanade LV 60

HP 335/335 MP 250/250

PROFILE
자유분방 천재 마술사

중성적 용모, 엄청난 기억력을 지닌 천재 플레이어. 그 두뇌 때문에 다른 사람들과의 교류를 피하는 타입이었지만, 순진무구한 메이플과는 마음을 터놓고 친해졌다. 사전에 다양한 마법을 마도서로 저장해 놓을 수 있다.

STATUS
STR 015 VIT 010 AGI 090
DEX 050 INT 135

EQUIPMENT

‖ 신들의 지혜 skill 아카식 레코드 신 계 서 고

‖ 다이아 뉴스보이캡Ⅷ

‖ 지혜의 코트Ⅵ   ‖ 지혜의 레깅스Ⅷ

‖ 지혜의 부츠Ⅵ

‖ 스페이드 이어링

‖ 마도사의 글러브   ‖ 인연의 가교

SKILL
【마법의 소양Ⅷ】【고속영창】
【MP강화(대)】【MP컷(대)】【MP회복속도강화(대)】【마법위력강화(중)】【심록의 가호】
【불 마법Ⅶ】【물 마법Ⅴ】【바람 마법Ⅷ】【흙 마법Ⅴ】【어둠 마법Ⅲ】【빛 마법Ⅷ】
【마도서고】【사령의 진흙】
【마법융합】

TAME MONSTER

‖ Name 소 우   플레이어의 능력을 복사할 수 있는 슬라임
【의태】【분열】 etc.

NewWorld Online STATUS ‖ GUILD 단풍나무

NAME 마 이 ‖ Mai	LV 54

HP 35/35　MP 20/20

PROFILE
쌍둥이 침략자

메이플이 데려온 공격 올인 초심자 플레이어
쌍둥이 자매. 유이의 언니로, 다른 사람들의
도움이 되고자 애쓰고 있다. 게임 내 최고봉의
공격력을 가지고 이도류 망치로 근거리 적을
분쇄한다.

STATUS

[STR] 510　[VIT] 000　[AGI] 000
[DEX] 000　[INT] 000

EQUIPMENT

‖ 파괴의 검은 망치 X
‖ 블랙돌 드레스 X
‖ 블랙돌 타이츠 X
‖ 블랙돌 슈즈 X
‖ 작은 리본　‖ 실크 글러브
‖ 인연의 가교

SKILL

【더블 스탬프】【더블 임팩트】【더블 스트라이크】
【공격강화(대)】【대형망치의 소양 X】
【투척】【비격】
【침략자】【파괴왕】【자이언트 킬링】【디스트로이 모드】【거인의 힘】

TAME MONSTER

‖ Name 츠키미　검은 털이 특징인 곰 몬스터
【파워 쉐어】【브라이트 스타】 etc.

NewWorld Online STATUS ‖ GUILD 단풍나무

‖ NAME 유 이 ‖ Yui LV 54

HP 35/35 MP 20/20

PROFILE
쌍둥이 파괴왕
메이플이 데려온 공격 올인 초심자 플레이어 쌍둥이 자매. 마이의 동생으로, 마이보다 적극적이고 회복이 빠르다. 게임 내 최고봉의 공격력을 가지고 이즈가 만든 쇠구슬을 던져서 원거리 적을 분쇄한다.

STATUS
STR 510 VIT 000 AGI 000
DEX 000 INT 000

EQUIPMENT
‖ 파괴의 하얀 망치 X
‖ 화이트돌 드레스 X
‖ 화이트돌 타이츠 X
‖ 화이트돌 슈즈 X
‖ 작은 리본 ‖ 실크 글러브
‖ 인연의 가교

SKILL
【더블 스탬프】【더블 임팩트】【더블 스트라이크】
【공격강화(대)】【대형망치의 소양 X】
【투척】【비격】
【침략자】【파괴왕】【자이언트 킬링】【디스트로이 모드】【거인의 힘】

TAME MONSTER
‖ Name 유 키 미 하얀 털이 특징인 곰 몬스터
【파워 쉐어】【브라이트 스타】 etc.

프롤로그

　7층 탐색을 계속하고, 제아무리 넓은 7층이라도 전혀 가 본 적이 없는 장소가 적어졌을 무렵, 제9회 이벤트인 몬스터 토벌전이 열렸다. 공중을 헤엄치는 물고기처럼 물 공격에 특화된 몬스터가 필드 여기저기에 나타나고, 메이플과【단풍나무】멤버들도 플레이어 전체가 공유하는 목표 토벌 카운트를 올리기로 했다.

　많이 해치우면 되는 만큼 몬스터는 별로 강하지 않아 메이플 일행이 고전하는 일은 없었지만, 공격이 신선하기는 해서 공중을 자유롭게 움직이는 몬스터를 잘 잡지 못하는 플레이어도 어느 정도는 있었다. 그러나 하늘을 날든 말든 격추하는 메이플에게는 몬스터도 본래의 이점을 잘 살리지 못했다.

　그런 이벤트인데, 모든 플레이어가 토벌한 숫자를 더하는 형태의 이벤트이기도 해서【단풍나무】에서 온 힘을 다해 급하게 몬스터를 사냥하지 않아도 긴 이벤트 기간이 끝나기 전에 마지막 보상을 받는 토벌 횟수에 도달할 것 같다고 예측했다. 그래서 메이플은 느긋하게 이벤트를 즐기고, 새롭게 알게 된

【thunder storm】과 【래피드 파이어】의 길드 마스터들과도 친목을 다졌다.

다만 토벌 카운트가 목표에 도달하면서 이벤트는 후반전으로 진입했다. 긴 이벤트 기간은 이를 위해 있었던 것으로, 그 뒤로는 메이플도 혼자서는 도저히 잡을 수 없는, HP가 터무니없이 많은 거대 몬스터가 레이드 보스로서 필드에 나타나게 되었다.

이에 【단풍나무】는 훈련을 통해 합계 여덟 개의 망치를 다룰 수 있게 된 마이와 유이를 중심으로, 【집결의 성검】, 【염제의 나라】, 【thunder storm】, 【래피드 파이어】 멤버들과도 협력해 레이드 보스를 격파했다. 그리고 메이플은 새로이 의미심장한 아이템도 구하고, 【단풍나무】는 넓디넓은 7층을 빠져나와 8층으로 진입한다.

그곳은 온통 물로 뒤덮인, 지금껏 익숙한 경치가 물속으로 사라진 세계. 이전과는 느낌이 전혀 다른 탐색을 기대하면서, 메이플은 멀리 보이는 수평선과 물속부터 건물을 쌓아서 겨우 수면 위로 모습을 드러내는 마을 풍경을 지켜봤다.

l장 방어 특화와 잠수복.

물 위로 튀어나온 건물과 건물 사이에 걸린 다리를 건너 메이플 일행은 8층 길드 홈으로 갔다. 8층의 길드 홈에는 일부 물에 잠긴 곳이 있고, 완전히 물속에 잠긴 계단에서는 더 내려갈 수 없었다.

"이쪽은 가도 괜찮은 걸까?"

"길드 홈에 있는 거니까 위험하진 않을 테지만…… 잠깐 확인해 볼까?"

헤엄을 잘 치는 사리가 발을 들이려고 하자 현재 진입할 수 없다는 메시지창이 떴다.

"어, 안 되나 봐. 하지만 이 느낌으론 조건을 만족하면 들어갈 수 있게 되는 걸까?"

아직 잘 모르는 것이 많으므로, 일단은 탐색을 먼저 할 필요가 있으리라. 사리는 운영 공지 메시지를 다시 훑어봤다. 지난번 이벤트의 합계 토벌 달성에 따라 8층에서 플레이어를 돕는 요소가 개방되었을 것이다.

"아마도 그것과 관계가 있지 않을까?"

"그렇다면 얼른 탐색해야겠어!"

메이플의 제안에 따라 평소처럼 모두가 마을을 구경하러 가기로 했다. 마을도 대부분 물에 잠겨서 NPC가 배로 이동하는 모습을 볼 수 있다. 걸어서 이동하려면 건물을 잇는 다리를 건널 필요가 있다.

메이플은 이번에 사리와 둘이서 마을을 둘러보기로 하고, 길드 홈에서 나와 8층 마을을 걸어 다닌다.

"물속 건물에도 들어갈 수 있을까?"

"글쎄? 꽤 깊은 데도 있어 보이는데……."

투명한 물속에는 지금 건물의 토대가 된 건물이 보인다. 사리가 말한 것처럼 여러 개가 겹쳐서 꽤 깊은 곳까지 이어지는 듯 보인다.

"마을 밖을 봐도 저 멀리까지 물에 잠겼으니까, 물속을 탐색할 방법이 있을 거야."

안 그러면 수면 밖으로 튀어나온 좁은 건물만 탐색하는 층일 것이다. 그럴 리는 없다며 마을을 걷던 두 사람은 얼마 지나지 않아 찾던 것을 발견했다.

3층에서 하늘을 나는 기계를 팔던 가게와 비슷한 곳이다. 다양하게 늘어선 잠수복은 말 그대로 물속을 탐색해 달라는 느낌이다.

"잠깐 구경해 볼까?"

"응!"

메이플과 사리가 물건을 구경하자 NPC가 멋대로 이야기하기 시작한다.

"수중 탐색에는 이게 필수지! 물속에서 건진 보물에 따라서는 더 깊이 잠수할 수도 있을걸?"

그러자 두 사람 앞에 메시지창이 뜨고, 안내문이 표시된다.

8층에서 조기 개방된 것은 이 잠수복이며, 수중 탐색을 도와준다고 한다. 지난번 이벤트에서 구한 아이템과 합쳐서 더 깊은 수중을 탐색하고, 바닷속 깊은 곳에 잠든 장비 아이템을 입수하는 것이 이번 8층의 목적인 것이다.

"팍팍 잠수해서 강화 아이템 같은 걸 구하고, 그걸로 더 깊이 잠수할 수 있게 해서 희귀한 장비를 찾는 느낌이구나. 길드 홈 아래층도 이걸 강화하면 들어갈 수 있게 되나 봐."

"오오…… 이렇게 깊으면 뭔가 많이 가라앉았을 것 같아!"

"침몰선에 보물이 있을지도? 건져 올려야지!"

옛 문명의 흔적인 듯 물에 침식된 건조물. 그중에는 사리가 말한 것처럼 보물이 잠든 곳도 있을지도 모른다. 기둥문을 통해서 구역이 나뉘는 4층처럼 각 요소를 개방하려면 시간을 투자할 필요가 있으니까 서둘러서 손해 볼 일은 없다.

"그러면 얼른 사자!"

"응, 그러자. 그리고 시험 삼아 잠수해 보는 거야."

"찬성~!"

메이플과 사리는 제각기 잠수복을 고른 다음, 발 디딜 곳이 거의 없는, 물로 뒤덮인 필드로 갔다.

사리는 보트에 메이플을 태우고 필드로 노를 저었다. 8층은 4층과 성질이 비슷해서 아까 산 잠수복을 강화하지 않으면 마음껏 움직일 수 없다. 잠수복의 설명을 보고 적성에 안 맞는 깊이로 잠수하면 수중 활동 시간이 급속히 떨어진다는 사실을 알았다. 따라서 몇 군데 있는 수심이 얕은 곳을 탐색해서 소재를 건지고, 더 깊은 곳으로 나아가야 한다.

"진짜 바다 느낌이 나."

"응. 땅이 없으니까 몬스터도 돌아다니지 않고 말이야. 예전과는 다른 탐색이 될 것 같아."

"나는 헤엄칠 줄 모르니까…… 열심히 아이템을 모아야지!"

잠수복과 지난번 이벤트로 입수한 수중 탐색용 아이템은 어디까지나 탐색을 도와주는 것이다. 【수영】이나 【잠수】 스킬이 없는 메이플은 스킬이 있는 사리와 비교하면 원래부터 잠수 시간이 짧고, 속도도 느리다. 꼼꼼하게 탐색하려면 아이템을 모아서 시간을 늘릴 필요가 있다.

물속 상태도 아직 잘 모르므로, 두 사람은 마을에서 너무 멀리 나가지 않고 초기 잠수복으로 갈 수 있는 구역을 찾아갔다.

사리는 그쯤에서 노를 그만 젓고, 잠수복을 착용한다. 잠수복은 장비 아이템이 아니지만, 겉에서 덧입히는 듯, 사리는 평소의 파란 옷이 아니라 웻수트(습식 잠수복)를 입은 상태가 되었다. 물속 기동력에 보너스를 주지만 활동 시간은 별로 늘어나지 않은 타입으로, 잽싸게 탐색하는 사리에게 맞는다고 볼 수 있다.

"룩은 바뀌지만…… 응. 장비 자체는 그대로인 것 같아."

"이런 건 처음일지도! 지금까진 갈아입어야 했으니까……."

"이걸로 필드에 나가야 하니까, 장비 스킬이나 스테이터스가 유지되지 않으면 위험해서 그렇지 않을까? 이런 게 늘어나면 전략에도 추가할 수 있을지도 몰라……."

메이플의 검은 장비를 겉모습만 바꾸면 상대가 예상하지 못한 스킬을 사용할 수도 있으리라. 잠수복은 8층 한정이니까 다음을 기대해야 한다.

아무튼 지금은 탐색하자는 마음에 메이플도 잠수복을 입는다. 메이플은 우주복처럼 온몸을 단단히 가리고, 뒤에는 공기통 같은 것을 짊어진 타입이다. 얼굴 부분만 투명해서 메이플의 표정을 확인할 수 있다.

사리와 다르게 잠수 시간이 길지만, 수중 이동의 초기 성능이 뒤떨어지는 타입으로, 빠른 이동을 완전히 포기하고 천천히 걸어서 물속을 탐색할 작정이다.

"오오, 입은 걸 보니까 꽤 본격적이네."

"그래?"

"응. 오래 잠수할 것 같아."

"좋아. 그러면 바로 얼마나 잠수할 수 있는지 확인해 보자!"

"그러자. 하나둘셋 하고 들어갈까?"

"응!"

메이플과 사리는 타이밍을 맞춰 물속으로 뛰어들었다. 물보라가 일어나고, 눈앞에서 대량의 물거품이 지나간다. 그러다가 시야가 깨끗해진 두 사람의 눈앞에는 맑고 푸른 물속 세계와 수몰된 유적처럼 낡고 허름해진 건조물들의 풍경이 펼쳐졌다. 그 주위를 몬스터가 아닌 작은 물고기가 헤엄치거나 다양한 물풀이 흔들리는 가운데, 몬스터의 모습도 드문드문 보인다. 지금 당장 다가오지는 않는 듯하지만, 조심할 필요는 있으리라.

"어때? 메이플."

"어?! 사리?"

두 사람은 지금 물속에 있지만, 사리에게서 자연스럽게 목소리가 들린다. 메이플은 잘 확인하지 않았지만, 8층 잠수복은 특별 사양이다.

"8층은 보다시피 이런 느낌이니까, 물속에서 쾌적하게 탐색하라고 의사소통이 되게 했나 봐."

"와, 그랬구나……. 뭔가 신기해."

"활동 한계를 조심하고, 조금 탐색해 보자. 평소와 다르게 이동하기도 어려우니까."

목소리는 들려도 물속이라는 사실에는 변함이 없으므로 헤엄쳐서 이동할 수밖에 없다.

"적어도 이 근처에는 우리가 먼저 공격하지 않으면 몬스터도 덤비지 않는 것 같으니까 먼저 건물 안으로 들어가 보자."

"응!"

금방 올라갈 수 없는 곳에는 여유가 있을 때 들어가야 한다. 사리가 앞장서서 물속에 가라앉은 건물 안으로 들어간다. 이미 문과 창문 유리는 없어져서 쉽게 침입할 수 있었고, 두 사람은 곧바로 내부를 탐색해 보기로 했다.

실내에는 이미 가구류가 없고, 그 대신에 물풀과 작은 물고기, 대왕조개가 등이 보였다.

"보물 상자는 없는 거 같지?"

"아직 몇 미터 깊이밖에 안 되니까. 그런 보물은 더 깊이 있는 걸지도 몰라."

"오오, 기대돼!"

"뭐, 그러려면 잠수복을 강화하는 소재를 모을 필요가 있겠지만······."

그럴싸한 것은 없는지 둘이서 물풀을 헤집어 본다.

"사리, 여기 계단이 있어!"

"내려가 볼까. 밖에서 봐서는 무슨 일이 생겨도 창밖으로 나갈 수 있을 테니까."

물에 가라앉으면서 계속해서 증축한 느낌이어서 계단과 창문, 문이 있는 자리가 일반적인 집과는 조금 다르다. 어느 층이

든 수면이 상승하면 지상 1층 취급이 되니까 출입구와 계단이 여럿 있어도 이상하지 않다.

두 사람이 지금 있는 곳은 수면과 가장 가까이 잠긴 층으로 보이니까 아래로는 방이 더 이어지고 있다.

"응! 만약 몬스터가 나와도 괜찮아!"

"독 공격은 하면 안 되거든……? 물에 퍼질지도 모르니까."

"어, 응! 조심할게."

제2회 이벤트의 대왕오징어를 해치웠을 때처럼 물에 독이 온통 퍼지면 끔찍할 것이다. 사리를 포함해 몬스터와 일부 플레이어를 무차별로 독살하게 되리라. 그렇게 되면 메이플은 독을 회수할 방법도 없어서 엄청난 일이 벌어질 가능성이 있다.

쓸 거라면 즉효성이 있으면서 주변에 퍼질 위험도 없는【패럴라이즈 샤우트】정도가 좋을 것이다.

조심하니까 딱히 문제가 생길 일도 없다. 메이플과 사리는 강화 재료 같은 아이템을 찾아 깊이 들어간다. 잠수복이 초기 상태라도 건물 하나를 탐색하는 정도라면 지장이 없어서, 몇 층인가 내려간 곳에서 두 사람은 물풀 사이에서 반짝반짝 빛나는 무언가를 발견했다. 빛이 닿아서 반짝이는 것이 아니라, 알기 쉽게 효과를 부여한 느낌이다.

"사리, 뭔가 있어!"

헤엄치지 않고 그대로 걸어서 다가간 메이플이 길게 자란 물풀을 치우자 안에서 파랗게 빛나는 구슬과 기계 부품처럼 보이는 나사와 볼트가 나왔다.

"소재 같은 거랑…… 또 뭘까?"

"전부 소재가 아닐까? 왜, 예전 이벤트 때 주는 아이템 중에도 물덩어리가 있었잖아."

사리는 아이템을 메이플에게 양보하고, 입수한 아이템이 무엇인지 둘이서 확인했다.

"오. 역시 전부 소재인 것 같아."

"다른 것도 알아보기 쉽게 빛날까?"

"그렇지 않을까? 아직 모르지만, 우연히 빛난 느낌도 아니니까 쉽게 모을 수 있겠네."

몇 분에 한 번은 올라가야 하는 수준이어서는 8층 탐색에 걸리는 시간이 너무 길어지므로, 잠수복은 바탕이 메이플 수준이라도 제법 긴 수중 활동 시간과 이동 능력을 준다. 물론 원래부터 수중 탐색의 적성이 없는 영향은 확실하게 드러나고 있지만. 아무튼 예상보다 일찍 소재를 찾으면 기쁘다. 잠수복의 성능이 좋아지면 영향이 더 줄어들겠지.

"이 정도면 앞으로 하나는 더 찾을 것 같아!"

"그러면 조금 더 갈까. 익사하지 않게 조심해야 한다?"

"응. 8층은 그게 가장 어려울 것 같아."

깜빡하고 익사하면 찜찜할 것이다. 그렇게 생각하면 역시 메이플의 가장 큰 적은 용암이나 물 같은 지형일지도 몰랐다.

메이플과 사리가 둘이서 수중을 탐색하고 있을 무렵, 이즈와 카스미는 다른 장소로 갔다. 【단풍나무】 멤버 중에서 【수영】과 【잠수】 스킬이 높은 사람은 말할 나위도 없이 사리지만, 다음은 사실 이즈다. 카스미도 마찬가지로 스킬을 보유해서, 둘이서 함께하면 호흡을 맞춰 탐색할 수 있을 것으로 예상한 셈이다. 나머지 크롬, 카나데, 마이, 유이는 넷이서 탐색한다. 8층은 필드 분위기가 이전과 딴판이어서 평소와 다른 스킬이 중요해진다.

이즈는 소재를 적극적으로 수집하고자 장시간 탐색이 가능한 잠수복을 고르고, 카스미는 사리와 똑같이 기동력이 좋은 타입을 선택했다.

그런 두 사람도 보트를 타고 한없이 이어지는 수면을 나아간다. 물론 이즈가 특별히 만든 보트는 노를 저을 필요가 없지만.

"이건…… 엔진을 실은 건가……?"

"정확하게는 그렇지 않지만, 비슷한 거야. 여태까지는 쓸모가 거의 없었는데, 하나 만들어두길 잘했어."

물보라를 일으키며 수면을 가르며 질주하는 그것은 겉보기엔 보트 같지만, 제트스키라는 명칭이 더 정확할지도 모른다.

"조작하려면 DEX(솜씨)가 필요하니까, 메이플과 마이와 유이가 못 타는 게 아쉬워."

"8층도 넓다. 모두가 이걸 쓰면 편리해질 줄 알았는데 잘 풀리지 않은 건가."

"우선 내가 소재를 열심히 모아야지. 그러면 다른 사람들의 효율도 좋아질 거야."

이즈는 소재를 더 많이 모을 수 있어서 처음에는 소재 수집에 힘을 쏟아 다른 길드 멤버의 잠수복 강화용 소재로 돌릴 작정이었다.

"그렇다면 고맙고."

"그만큼 깊은 곳에서 보물을 건지게 할 거야. 기대할게."

수심이 얕은 곳에 있는 몬스터는 대부분 호전적이지 않지만, 깊은 곳에서도 그렇다고 생각하기는 어렵다. 어디선가 강화 재료 수집이 중요한 단계에서 전투력이 중요해지는 단계로 바뀔 것이다.

그렇게 됐을 때, 이즈가 공략하기 어려운 부분도 있겠지. 전투 능력이 있다고는 해도, 기본은 생산직이다.

이즈는 한동안 나아간 곳에서 제트스키를 멈췄다.

수심이 얕은 곳은 기본적으로 마을 가까이 펼쳐지지만, 필드 여기저기에 드문드문 있는 곳도 있다. 굳이 멀리 나가지 않아도 마을 근처에서 탐색하면 되니까, 지금 두 사람이 있는 곳에는 다른 플레이어가 전혀 없다.

"여기라면 느긋하게 탐색할 수 있겠지. 소재도 골라잡을 수 있을 거야."

"그래 채집은 맡기마. 나는 몬스터를 상대하지. 마을에서 멀어진 만큼 강할 테니까."

적절한 스킬이 없는 카스미가 채집하는 것보다 이즈가 하는 것이 더 효율적이다. 이번에는 카스미가 이즈의 호위인 셈이다.

"그러면 바로 잠수하자!"

"그래. 문제없다."

두 사람은 잠수복을 입고 제트스키에서 물속으로 뛰어든다. 그러자 마을에서 멀리 떨어진 곳에 있는 수심이 얕은 구역이 어떤 것인지 금방 이해할 수 있었다.

"오호…… 그런 거였나."

"여기는 원래 산이었구나."

물속에 펼쳐진 것은 경사진 바위가 드러난 지면이었다. 수면 밖으로 나와서 발을 조금 디딜 수 있는 부분은 원래 산 정상이 었던 셈이다.

"찬찬히 탐색하면 동굴이든 뭐든 있어도 이상하지 않겠군."

"그래. 던전 하나쯤은 있을 것 같아. 그래도…… 더 깊은 곳에 있겠지만."

현재로선 잠수복을 적정 레벨로 강화할 때까지 탐색하고 싶어도 할 수 없는 상황이다.

"그래도 기대되는걸! 정말로 모두에게 좋은 소식을 전할 수 있을 것 같아."

지금 있는 곳이 산이었던 것처럼, 과거에는 평지였던 곳이나 원래부터 물속이었던 곳도 있으리라. 끝없이 펼쳐진 이 수면 아래에는 다양한 미발견 던전이 잠들어 있다.

"아무도 가 본 적이 없는 곳은 가슴이 뛰지 않아?"

"가장 먼저 들어가려면 꾸준하게 할 수밖에 없나."

"그래. 물론이지. 아, 벌써 광석이 있을 법한 곳을 찾았어."

이즈가 곡괭이를 꺼내 카스미가 알기 쉽게 가리킨다. 아무리 떠들어도 소재는 모이지 않는다. 채집 포인트는 산등성이 곳곳에서 보이며, 메이플과 사리가 찾은 것처럼 빛나는 곳도 있다.

"주위 몬스터는 내가 해치우도록 하지. 이즈는 채굴에 전념하면 된다."

"고마워. 그러면 호의를 받아들일게."

이즈가 헤엄치자 주변에 있던 대형 물고기가 일제히 방향을 튼다.

"【무사의 팔】."

카스미가 스킬을 발동하자 평소처럼 거대한 일본도를 쥔 두 팔이 출현했다. 그대로 빠르게 가속한 카스미는 이즈의 옆에 도착해서 새로이 스킬을 발동해 일본도를 휘둘렀다.

"【혈도】."

여러 적을 상대할 때는 이 스킬이라며, 일본도를 액체 상태로 만들어 단번에 벤다.

"좋아. 물속에서도 문제없군."

메이플의 독처럼 물에 녹는 일 없이 생각한 그대로의 궤도를 그린 일본도는 물고기 무리를 단번에 가른다. 마음껏 공격할 수 있다면 물속 사양의 움직임을 활용할 수도 있다.

카스미는 그대로 위로 헤엄치다가 멈추고, 아래를 향해 채찍처럼 액체로 된 일본도를 휘둘렀다. 고지를 점하면 사각에서 몬스터가 접근할 일도 없다. 지상에서는 한순간만 차지할 수 있는 유리한 위치를 유지하고, 돌진하는 물고기를 일방적으로 공격한다.

"【무사의 팔】은 불필요했나."

차례차례 소멸하는 물고기를 지켜보고, 주변에 평온이 찾아온 것을 확인한 다음에 이즈의 곁으로 돌아간다.

"고마워, 카스미. 물속에서도 폭탄은 쓸 수 있지만, 위력이 떨어진단 말이지."

이즈가 금방 쓸 수 있는 공격 수단은 주로 폭탄이다. 그것이 유용하지 않으니까 더더욱 전투를 피하고 싶은 것이다.

"안심해도 좋다. 수면 근처의 몬스터에게 밀릴 일은 없을 듯하다."

"믿음직한걸."

그렇게 말한 이즈가 곡괭이로 채집 포인트를 때린다. 그렇게 채굴하다 보니 광석과 함께 특별한 소재인 잠수복 강화 아이템도 희귀 소재로 입수했다. 곡괭이에는 당연히 획득량 증가 버프가 있어서 반짝이는 곳을 탐색하는 것보다 효율이 더 좋을 정도다.

"대단하군……. 역시 전문가는 다른가."

"나만 믿어. 다른 사람들 것까지 모을 거야!"

이것도 다 채집과 제작 스킬을 올리는 데 시간을 투자한 이즈니까 할 수 있는 말이다.

"나는 수중 움직임에 익숙해지도록 하지."

"그게 좋아. 빨리 움직이는 것도 지상과는 전혀 다르니까."

적이 적극적으로 삼차원 기동을 하는 것이 수중전의 난점이다. 지금은 돌진 공격 정도로 그치지만, 머지않아 스킬을 쓰는 일도 생기리라. 싸우는 요령을 익힐 필요가 있는 셈이다.

"나도 이즈도 아직 수중에서 더 활동할 수 있다. 수심 한계까지 탐색하고 다니자."

"그래. 어쩌면 바로 뭔가 찾을지도 몰라."

그리하여 두 사람은 과거에 산이었던 곳에서 한동안 채집을 계속하기로 했다.

이즈와 카스미가 제트스키로 이동한 것을 알 리도 없이, 나머지 네 사람은 메이플과 사리처럼 마을 근처를 탐색하고 있었다. 하지만 가라앉은 건물이 많은 구역이 아니라 모래밭이 이어지는 장소다. 여기도 이즈 일행이 간 곳처럼 보이지 않는 곳까지 깊이 경사가 이어져서, 모래밭이 아니라 산의 경사면 같은 느낌이다.

"좋아. 여기라면 기습당할 일이 없겠지."

"그래. 탁 트인 만큼 몬스터는 제법 있지만, 있는 걸 알면 대응할 수 있을 것 같아."

이 팀에는 뭘 맞아도 한 방에 죽는 마이와 유이가 있고, 나아가 네 사람 모두 수영에 자신이 없어서 수중 탐색에 불리하다. 그래서 다니기 편한 지형을 잘 찾아다닌 것이다

"여기라면 너희가 말한 보험도 쓸 수 있으니까. 그러면 바로 들어가 보실까!"

""네!""

이 멤버라면 지금 와서 기동력을 추구해도 소용없으므로 모두가 수중 활동 시간을 늘려주는 타입의 잠수복을 선택했다. 두 사람, 마이와 유이가 말한 보험을 들면서 네 사람은 물속을 걸어 나간다.

"다행이야……. 소용돌이가 생기면 어쩌나 싶었어."

"그런 설정은 없는 것 같아. 안 그러면 물속에서 무기를 휘두를 수 없으니까."

마이와 유이의 보험. 그것은 최근 두 사람이 필드를 다닐 때 자주 하는 것이다. 『구원의 손』으로 추가된 대형망치 6개를 몸 주위에서 회전시킴으로써, 다가오는 몬스터를 자동으로 모조리 섬멸하는 것이다.

이것은 플레이어에게 통하지 않지만, 단순히 돌격하는 몬스터에게는 매우 효과적이다. 크롬은 혼자 게시판에서 소문이 난 '검고 하얀 덩어리'가 이걸 말하는 거였다고 이해했다.

"부딪히지 않게 조금 떨어져야겠군."

"응. 맞으면 죽……진 않지만. 아군도 튕겨 나가긴 하니까."

대미지는 뜨지 않아도 그대로 확 날아가는 게 확정이다. 예전에는 사리가 이걸 이용해서 메이플을 포탄처럼 쏜 적도 있지만, 만약 부딪히면 그것과는 비교가 안 되는 결과를 낳으리라.

아무튼 이로써 안전을 무사히 확보할 수 있었다. 그래도 잘 피할 법한 몬스터는 크롬과 카나데가 눈에 불을 켜고 지켜보므로, 만에 하나의 일이 생겨도 안심할 수 있다.

"우리도 채집해 보실까……. 일단 커버 무브 범위에 들어가 있어."

""네, 그럴게요!""

마이와 유이가 부품이 손에 닿는 곳까지 대형망치를 휘두르며 돌진한다. 크롬과 카나데도 충돌하지 않도록 조심하면서 주위에 있는 소재를 수집하기로 했다.

"이번에는 던전으로 한 번에 가기 어려울 것 같으니까, 빨리 모아야지."

"단계를 밟아야 한다는 거군. 꾸준한 작업도 싫지는 않아."

"응. 그런 느낌이야."

크롬의 장비는 꾸준한 노력으로 얻은 것이라고 할 수 있으므로, 카나데의 생각도 이해할 수 있다. 사실 지금도 크롬은 왠지 즐겁게 부품을 찾고 있으니까.

"그나저나 수중 탐색은 한 적이 없으니까 말이지. 익숙해지려면 시간이 걸릴 것 같군."

"우리도 쟤네를 보고 배워야겠어."

그렇게 말하는 카나데는 물속에서도 바닥을 걸으면서 죄 없는 몬스터를 휘말리게 하는 마이와 유이를 보고 있었다.

"아니, 저건 익숙해지는 것과 조금 다른 듯한데……."

"하긴 그러네."

"다음 이벤트 시기에 따라서는 수중전도 있을지 몰라.【수영】스킬을 배울까……."

"그것도 중요할지 몰라. 8층에 있으면 자연스럽게 스킬이 오르지 않을까?"

"그것도 그렇군."

이야기하면서 소재를 회수하고 있을 때 마이와 유이가 말을 건다.

"크롬 씨! 조금만 더 가고 싶어요!"

"이 주변은 다 주워서……."

"오냐! 맡기라고. 잘 경계하마."

""고맙습니다!""

그리하여 크롬은 거리를 잘 유지하면서 과연 지킬 필요가 있는지 의심스러울 만큼 씩씩하게 성장한 두 사람을 따라갔다.

이렇게 모두가 각자 탐색하고, 부품을 모아서 길드 홈에 집합하기로 했다.

가까운 곳에 있었던 메이플과 사리가 가장 먼저 도착하고, 다음으로 도착한 크롬 일행과 성과를 서로 확인한다.

"꽤 많이 모았어요! 가라앉은 건물 안을 탐색했는데, 집 하나에 하나씩은 부품이 있는 느낌이더라고요!"

"그랬군. 우리는 모래밭에 떨어진 느낌이었으니까 찾기 쉬웠어. 경쟁도 심한 게 조금 난점이지만."

4층 구역의 개방과도 비슷해서, 이번에 개인이 모은 것만으로는 더 깊이 잠수할 수 없는 듯했다. 크롬이 말한 것처럼 꾸준하게 모을 필요가 있는 셈이다.

그때, 그제야 분위기가 동떨어진 보트 모양 제트스키를 탄 이즈와 카스미가 길드 홈 앞에 도착했다.

"어머, 우리가 가장 늦었구나. '

"어, 엄청 속도를 냈는데 말이지."

"창밖에 보이는 저건……?"

"물론, 보트야."

"또 이상한 걸 만들었군……."

"크롬이 타려면 솜씨가 조금 부족할지도 몰라."

"안 타. 뒤집힐 것 같아."

"저기, 잡담은 그만하고…… 우리는 부품을 꽤 많이 모았어!"

"그래. 정말 많이 모았다."

그리고 나서 이즈가 보여준 부품의 양은 다른 멤버 모두가 모은 것보다 많았다.

"오오! 역시 이즈 씨!"

"굉장해요……. 이 단기간에 이만큼 모을 수 있다면……."

"멀리 나간 덕분인지 우리밖에 없었어. 그리고 역시 마을에서 멀수록 한 번 채집할 때 나오는 부품이 많은 것 같아."

마을에서 멀어질수록 거점도 멀어지는 것이고, 덩달아 몬스터도 강해지거나 한다. 그렇다면 보상이 많아지는 것도 당연하리라.

"멀리 있으면서 수심이 얕은 곳인가……."

"수심이 얕다고 할까, 산이었어."

"아마도 일반적인 지면에 해당하는 부분은 훨씬 깊숙한 곳에 있겠지. 우리가 지금 있는 곳은 예전 층으로 말하자면 산꼭대기 근처다."

"건질 수 있는 보물도 가장 깊은 곳에 있다고 생각하는 게 타당하겠군."

"앞으로 몇 번만 오늘 정도의 시간을 모두가 채집하러 가면 한 사람의 잠수복을 더 깊이 잠수하게 강화할 수 있을 거야."

잠수복 강화에는 몇 가지 종류가 있다. 보너스 능력치를 주거나, 활동 시간을 늘리거나 하는 식이다. 개중에는 더 깊이 잠수하게 하는 강화도 있다. 그 강화 하나로 좁히고, 나아가 모두가 모은 소재를 투입하면 잠수복을 문제없이 강화할 수 있다.

"얕은 곳에서 다 같이 탐색해도 좋지만, 더 깊은 곳도 보고 싶잖니?"

"그건, 그렇지."

그렇다면 누구에게 소재를 집중할까. 그 점에서 모두가 적임 자에 짚이는 바가 있는 듯, 그쪽을 슬쩍 쳐다본다.

"저…… 말인가요?"

"응! 나는 그럴 거라면 사리가 좋을 것 같아."

처음 말을 꺼낸 이즈를 포함해 나머지 모두가 메이플과 똑같 이 생각한 듯, 딱히 다른 의견을 내놓는 사람은 없었다.

"수중 탐색 능력도 좋고, 개인 전투도 잘하지. 적임자라고 할 수 있겠군."

"알겠어요……. 모두가 모은 부품을 써도 된다면, 그만큼 탐 색해 볼게요."

사리 본인에게 문제가 없다면 【단풍나무】의 방침은 정해진 셈이다. 먼저 깊숙한 곳으로 사리를 보내서 더 많은 부품을 구 할 수 있다면 길드의 이익도 된다. 위험한 곳에는 더 좋은 물건 이 잠들어 있는 법이다.

"에헤헤. 책임이 중대하네, 사리."

"나만 믿어. 꼭 성과를 낼게."

"그리고 길드 홈의 아래층도 빨리 보고 싶어."

"그러네. 거기도 잠수복을 강화해야 들어갈 수 있는 것 같으 니까."

"길드 홈의 일부를 못 들어가는 건 처음이니까!"

"대체 뭐가 있을까……?"

8층 공략은 이제 막 시작한 참이고, 모르는 게 많다. 그래도 메이플 일행은 조금이라도 더 일찍 미지의 보물을 찾아내고자 움직이기 시작했다.

그로부터 며칠. 이즈의 예상대로 사리가 강화할 만큼의 부품이 모여서 한 단계 더 깊은 곳까지 잠수해도 제한 없이 활동할 수 있게 되었다. 계획한 대로 잠수복을 강화한 사리가 곧장 길드 홈의 한쪽으로 간다.

"그러면 잠깐 보고 올게요. 일단 마을이니까 몬스터는 없을 것 같지만요."

그래도 지금껏 없었던 사양이니까 경계해서 나쁜 일은 없다.

사리는 한 번 심호흡한 다음 물속으로 이어지는 계단을 내려간다. 그곳은 부품을 모을 때 탐색한 곳과 비슷하게 생긴 방으로, 여러 방으로 이어진 듯했다.

사리가 한 손에 단검을 들고 안전을 확인하며 나아가자 한 방에 돌로 된 선반과 함께 나열된 판이 있었다.

"책……이면 물속에 둘 수 없으니까 석판인 걸까?"

석판도 오래된 것과 비교적 새로운 것이 있어서, 수면이 상승했다는 것과 어디선가 물이 불어나 넘쳐났다는 등, 8층이 이렇게 된 경위가 실려 있었다.

"물이 넘쳐났다는 곳이 던전일 것 같은걸. 이건…… 기호?"

기호만 있는 석판도 여러 개 있어서, 사리로서는 현재 그 의미를 이해할 수 없다. 다만 이렇게 방을 둘러보는 사이에 몇 가지 발견한 과거의 정보에서 뭔가 있을 법한 장소를 점찍을 수는 있었다.

"아무튼 이런 느낌일까? 더 깊이는…… 지금은 못 가네."

사리가 계단을 몇 번 내려갔을 때 다시 진입 제한이 걸려서 그만 돌아가기로 했다. 길드 아래층은 단계적으로 힌트를 주는 장소인 듯하다. 8층은 이전과 다르게 무작정 탐색하기 어려우므로 힌트를 마련해 준 셈이다.

마을 안이라서 그런지 몬스터는 없어서, 사리는 그대로 무사히 일상으로 복귀할 수 있었다.

"어땠어, 사리?"

"책 대신에 석판이 몇 개 있고, 던전이 있는 곳의 힌트 같은 게 있었어. 기호만 있어서 읽을 수 없는 것도 있었는데, 어쩌면 지도였을지도 몰라."

"그랬구나. 그 힌트를 활용하고 콕 집어서 잠수하란 뜻일까?"

"깊은 곳에 있는 던전은 최단 루트로 안 가면 못 버틸 테니까."

"그런고로, 모두한테도 공유할게."

사리는 미리 찍은 사진을 나머지 일곱 명에게 전송하고, 자신의 향후 방침을 말한다.

"내 예상이 맞으면 가장 깊은 곳에는 던전이나 희귀 아이템을 주는 이벤트가 있을 테니까, 부품을 모으면서 슬쩍 살펴보고 올게요."

"알았어! 조심해, 사리."

"응. 위험할 것 같으면 철수할게. 수중전은 어려우니까."

조금 기다리면 길드 멤버와 함께 탐색할 수 있게 된다. 만약 위험할 것 같다면, 어지간한 보스는 상대하기 어려우므로 여덟 명이서 다 같이 가는 게 최선이다.

"모이는 부품이 많아지길 기대할게."

"그렇게 되면 다음 강화는 이즈 차례군. 그게 결과적으로 더 빨라지겠지."

사리가 호위로 붙으면 2번 타자라도 문제없다. 그리고 본격적인 탐색은 잠수복을 다 강화한 다음에 있을 것이다. 과거의 지상에 도달하려면 아직 한참 멀었다.

"그러면 나는 부품도 모으면서 마을도 산책해 볼게. 물속에만 눈길이 가기 쉬우니까 말이야. 뭔가 찾으면 모두를 부를게. 나 혼자선 전투도 불안하니까."

"그래? 마도서를 쓰면 제법……."

"후후. 그건 아직 저축하고 싶거든. 뭐, 아무것도 못 찾을 수도 있으니까 기대하진 말고 기다려."

카나데는 그렇게 말하지만, 단순한 산책이 아니라 뭔가 짚이는 구석이 있는 눈치다. 카나데가 완전히 의미 없는 행동을 할 리가 없기 때문이다.

앞으로는 각자가 기본적으로 부품을 모으며 희귀 아이템이나 스킬을 찾는, 더 깊은 장소의 탐색을 순차적으로 시작하게 되었다.

◆ □ ◆ □ ◆ □ ◆ □ ◆

운영진은 전체가 물에 잠긴, 이전과는 분위기가 전혀 다른 필드가 문제없이 가동하는 것을 다시 확인하고 안도의 한숨을 쉬었다.

"휴, 다행이야."

"플레이어들은 어떤 식으로 탐색할까요?"

"음…… 예상대로 움직여 주면 걱정이 없을 텐데."

"지금까지 그런 적이 있었던가요……?"

"뭐, 그랬지…."

"게다가 이번에는 여기저기에 보물을 빙자한 일회성 이벤트를 왕창 배치했는데요?"

8층은 수면보다 한창 아래의, 과거의 지상을 목표로 이벤트와 던전에 임하는 층이다. 물속이라는 이유로 넓은 필드에서 이벤트를 찾아내는 수중 보물찾기 감각을 맛보게 하고자 이벤트를 많이, 한편으로 드문드문 배치했다. 운이나 감이 나쁘면 좀처럼 찾아내지 못하고 부상과 잠수를 반복하게 되리라.

"엄청난 것도 물속에 넣었으니까 말이죠……."

"거 뭐냐. 누가 찾아낼지는 모를 일이지……. 반대로 찾아낸 사람과 상성이 좋으면 한 방에 강해지는 일도 있을 테고."

기회는 공평하다. 이제는 누가 스킬과 아이템을 잘 찾아낼지에 달렸다.

"글쎄요. 대규모 길드는 역시 움직임이 빠르니까, 이것저것 찾아낼 것 같은데요."

"인원도 많으니까 말이지. 사람이 많이 잠수하면 그만큼 찾아낼 확률도 높아지고……."

"아마도…… 그럴 텐데 말이죠."

아무리 생각해도 그것과 일치하지 않는 집단이 하나 머릿속에 떠오르는 건 어쩔 수 없으리라.

"왜 모이는 걸까요."

"파장이 비슷한 걸까?"

"희귀 스킬 박람회장 같은 곳이죠……."

"【단풍나무】의 수중 탐사는 어떻게 될까? 적당한 선에서 부탁할 수 없나?"

그렇듯 희망적인 관측을 말했을 때, 현실을 눈앞에 들이댄다.

"애초에 이미 지난번 이벤트 때 8층 몬스터를 먼저 선보이면서 그걸 주웠잖아요?"

"레어 드롭이니, 낮은 출현 확률이니, 그런 것에 영향이 없는 것처럼 줍는단 말이지."

"운이 좋다고 할 수밖에 없지만, 만약 그렇게 8층의 희귀 아이템도 모으면……."

"그럴 리는 없어! 아무리 그래도."

"하지만 한두 개쯤은……?"

자신들이 말한 대로 보물찾기에 걸맞게 희귀 이벤트, 희귀 스킬, 희귀 아이템을 드문드문 많이 배치했다. 그것은 이전 층보다도 뚜렷하다. 이전 층에서도 빨아들이듯 희귀한 것들과 마주치고 돌아다닌 메이플이란 존재를 생각하면 수중 보물찾기의 결과가 황당해지는 광경을 상상하는 것도 당연하다.

"뭐, 하지만 메이플이 아니더라도 찾을 테면 찾아보라지 느낌이야! 잠수복은 있어도 애초에 모든 플레이어가 물속에 익숙하지 않겠지. 보물찾기를 하려면 아직 조금 멀었어."

"꽤 꼼꼼하게 숨긴 것도 많으니까요. 힌트야 있기는 하지만."

"보물찾기 느낌으로 즐겨주면 좋겠어."

"기대하고 볼까요."

"그래. 플레이어들의 탐색 능력을 보자고."

그리하여 수많은 플레이어가 제각기 이벤트와 마주치기를 기대하며, 운영진은 플레이어들이 수중을 개척해 나가는 것을 차분하게 지켜봤다

2장 방어 특화와 새로운 힘.

　모두가 모은 부품을 받아서 더 깊이 잠수하게 된 사리는 보트를 타고서 점찍은 곳으로 노를 젓고 있었다.

　"탈 수 있다면 제트스키를 만들어 달라고 할까?"

　보트 이동은 7층에서의 승마 이동과 비교하면 느려서, 사리로서는 조금 더 속도감이 있기를 바란다. 메이플과 느긋하게 탐색할 때는 이래도 되지만, 효율을 중시하면 제트스키가 더 낫고, 이즈가 말한 솜씨 요구치가 있다면 갈아타고 싶다.

　"뭐, 다음 기회에 해야지."

　아무튼 지금은 조금만 더 가면 목적지다. 제트스키는 일단 다음 탐색으로 미루고, 사리는 잠수복을 입고 곧장 물속으로 뛰어들었다. 수면 아래는 바위투성이 산이 이어져서, 과거에는 능선이었을 경관이 펼쳐진다. 마침 사리는 하늘에서 산을 내려다보는 듯한 구도다.

　"와, 생각했던 것보다 규모가 큰걸……. 여기 어디쯤에 있을 것 같은데."

　길드 홈 지하에서 본 지도에서 표시된 곳이 이쯤일 것이다.

실제로 현지에 온 사리는 지형으로 봐서 무언가가 있을 것으로 느끼고 있다.

"좋아. 탐색하지 않으면 아무것도 못 하니까, 잠수해 보자."

위에서 한차례 관찰한 사리는 물을 차고 깊이 들어간다. 수면 근처에는 몬스터가 없었지만, 산등성이가 가까워지자 차차 그 모습을 드러내기 시작했다.

"여기는 호전적인가 보네!"

사리에게 다가오는 것은 상어 몇 마리였다. 제9회 이벤트 때 비슷하게 생긴 상어와 몇 번이나 싸웠지만, 그때는 지상이고 사리에게 유리한 조건에서 이루어진 전투라고 할 수 있다. 이 번에는 반대로 눈에 익은 상대라도 방심할 수 없다. 메이플과 같이 안전하게 탐색하는 동안 물속에서도 사용감이 달라지지 않는 스킬도 확인을 마쳤다. 예를 들어 【얼음기둥】은 지면에 서 얼음으로 된 기둥을 세우는 스킬이어서 지면이 보이지 않을 정도로 멀어진 지금과 같은 곳에서는 쓸 수 없다.

하지만 사리가 강한 본질은 스킬이 아니고, 수중전도 비교적 잘하는 것도 있어서, 활동 시간의 제한만 조심하면 대체로 문제없으리라.

"하압! 야압!"

물속에서도 알아보기 쉽게 조금 다른 색으로 날아드는 상어 의 브레스를 회피하고, 그대로 스쳐 지나가듯 단검으로 공격 한다. 【검무】로 공격력을 키우고, 나아가 【추인】, 【불의 동자】, 【물 두르기】를 통해서 추가 대미지를 줄 수 있는 지금은 일반 공격에도 지금 장비를 구하기 전의 수중전과 비교도 안 되는 파괴력이 있다.

"스킬 상성은 별로 좋지 않지만, 제법 잘 통하네!"

물속에서는 불이 잘 통하지 않는 설정이 있고, 물을 다루는 몬스터에게는 물도 유효하지 않다. 그래도 예상보다도 잘 통하는 것은 【검무】의 공격력 강화 효과를 최대로 키운 덕분이리라. 조건이 빡빡한 만큼 상승치가 파격적이다.

사리는 상어와 상어 사이를 누비듯이 헤엄쳐 차례차례 해치워 나간다. 브레스만 쓴다면 물속이라도 사리에게는 문제가 없다. 그걸 따지면 유니크 장비를 구한 던전의 보스가 몇 배나 더 강했다.

"이걸로…… 끝!"

물을 차고 확 가속한 다음, 마지막으로 남은 상어를 베고 물속에서 정지한다.

"【물 조종술】로 수중 이동을 해봤는데 생각했던 것보다 잘 움직이는걸."

메이플과 다르게 사리는 【수영】과 【잠수】 모두 최대 레벨이며, 나아가 이즈의 수중 활동 서포트 아이템과 8층 전용 잠수복도 있어서, 유니크 장비를 구했을 때와는 다르게 제한시간이 없다시피 하다.

수면으로만 쭉 돌아가기면 익사할 일이 없다고 판단한 사리는 주위 잔챙이 몬스터가 부활하기 전에 곧장 산등성이를 향해서 잠수한다.

"영차. 후…… 어디 보자."

과거에 산이었던 곳에서는 이미 동식물이 완전히 사라져서 숲에 가려 놓치는 일이 생기지 않는다. 또한 평소라면 공중인 곳을 헤엄쳐서 이동할 수 있으므로 쭉쭉 가로질러서 탐색하는 것이 기본이다.

"뭔가 있으면 좋겠는데. 던전이라든지 말이야."

그리하여 사리는 산등성이를 따라 더욱 깊이 잠수했다.

바위 뒤에 숨겨진 동굴이 없는지, 사리는 꼼꼼히 탐색을 진행한다. 잠수복 강화가 빨랐던 점, 그 밖에도 더 깊은 곳이 얼마든지 있다는 점에서 주위에는 플레이어가 전혀 없다. 여기서는 혼자서 이벤트가 있을 만한 곳을 찾아내야만 한다.

길드 홈 지하에서 발견한 표시는 산과 산이 있는 이 장소를 가리킬 뿐, 더 구체적인 위치는 모른다. 사리쯤 되면 자주 부상할 필요가 없으므로 효율이 높지만, 그렇다고 해도 탐색할 곳이 너무 많다.

"정말로 바위밖에 없으니까 뭔가 있으면 알아볼 수 있을까?"

방해되는 몬스터를 해치우면서 산과 산 사이를 헤엄치며 돌아다니던 사리는 산 중턱에 깊은 균열이 있는 것을 발견했다. 뭐가 있을까 해서 신중하게 접근해 보니 아무래도 더 깊이 이어지는 듯해서, 어쩌면 목적지인 표시가 있는 장소에 도착한 걸지도 모른다.

"좋아. 일단 올라가서……."

사리는 곧장 균열 안으로 들어가지 않고 그대로 쭉 수면으로 돌아간다. 일단 물속에서 나오면 활동 시간이 원상복구 되므로, 완전한 상태로 임하려는 셈이다.

"좋아. 한 방에 찾았네……. 한번 찾아보자. 의미가 있을지는 모르겠지만."

현시점에서 주위에는 플레이어가 없다. 저 안이 던전이라면 첫 방문자일 가능성이 있다. 그렇다면 목표는 두 번째 유니크 시리즈다.

사리는 크게 심호흡한 다음 시간을 들이지 않도록 그대로 단숨에 균열을 향해 잠수한다. 이미 수면에서 꽤 멀어졌지만, 원래부터 쾌적한 탐색을 위해 밝기가 확보된 까닭에 균열 안에서도 시야가 좋다.

사리는 양쪽이 바위에 둘러싸인 채로 더욱 깊숙이 들어간다. 물도 투명하고 아까와는 다르게 몬스터도 보이지 않으니까 집중하면 수상한 곳을 찾을 수 있으리라.

"있는걸…… 많이."

사리가 먼저 발견한 것은 벽에 뚫린 무수한 구멍이다. 어딘가는 진짜고, 그곳으로 가면 몬스터도 있을 것이라며 직감으로 눈치채고, 집중력을 높여서 낌새를 살핀다.

"물고기들 집인가?"

단검을 뽑아서 기습에 대비하며 구멍 하나하나에 들어가 본다. 사리의 걱정과는 다르게 구멍 안에는 몬스터의 낌새가 전혀 없다. 구멍은 한동안 안쪽으로 이어지는 것과 금방 막히는 것, 좁은 것과 넓은 것 등 다양하며, 막다른 곳이 나올 때마다 원래 위치로 돌아가 다음 구멍으로 들어가기를 반복한다.

몬스터가 없다면 간단하다며 사리는 속도를 중시해 다음 구멍으로 계속 돌입해 주위를 살핀다. 한동안 그러고 있자 어느 구멍 안쪽에서 파랗게 빛나는 것이 일직선으로 오는 것이 보였다. 사리가 잽싸게 물을 차고 구멍 정면에서 이탈하자 잠시 후 상어가 쏘는 브레스와 비슷한 파란 덩어리가 지나갔다.

"뭐야. 의외로 알기 쉬웠네."

이전과는 확연하게 다른 반응. 이건 확실하다며 사리는 다시 한번 신중하게 그 구멍 안쪽의 낌새를 살핀다.

"몬스터……가 아니야? 아니면 안쪽으로 도망친 걸까?"

여전히 맑고 투명한 물속, 저 너머에서 뭔가 움직이는 낌새는 딱히 없다. 그러나 적대적인 무언가가 있는 것은 확실하니까 오보로의 【행방불명】도 고려하며 진입하기로 했다.

또 상어거나, 아니면 다른 무언가거나. 그 기척을 찾으면서 헤엄치던 사리가 뜻밖의 것을 찾아냈다.

"이게 뭐야…… 기계? 마법으로 움직이는 무언가일까?"

벽에서 조금 튀어나온 것은 은은히 파랗게 빛나는 총 같은 물건이다. 침입자를 대비한 함정인지 총구 같은 부분에서는 아까 본 탄환이 발사된 듯한 흔적을 확인할 수 있었다.

"엄청난 게 가라앉았을지도 모르겠는걸…… 잠수복도 있으니까……. 이건 가져갈 수 없구나. 아쉬워라."

사리는 물속에 잠긴 것은 단순히 금은보화만이 아닐지도 모른다고 생각했다. 8층 마을은 과거의 마을 위에서 성립한 셈이니까 그곳에서 생긴 온갖 것이 물에 잠겼어도 이상하지 않다.

더욱 기대된다며, 사리는 구멍 안쪽으로 나아간다. 그러자 다시 안쪽에서 파랗게 빛나고, 이번에는 여러 탄환이 사리에게 쇄도한다. 그러나 피할 여지가 있는 데다가 오는 것을 예상했다면 지금 와서 맞을 사리가 아니다. 그것은 물속에서도 예외일 수 없다.

물속에서 자세를 잡고 잽싸게 몸을 틀어 빛의 탄환을 회피한다. 사리의 예상과는 달리 지금껏 수중에서 본 듯한 몬스터가 없이 빛의 탄환에 의한 공격만 계속되는 가운데, 달리 뭔가 없을까 싶어서 더욱 안쪽으로 들어간다. 그러던 중 좁은 통로 형태였던 구멍이 더 커다란 공간과 연결되고, 사리는 이곳이 지금껏 몇 번인가 공략한 개미굴 형태의 던전임을 파악했다.

"못 쓰는 물건일까……?"

천장까지 물에 잠긴 공간에는 지상이라면 지면에 해당하는 곳에 고물이 된 기계가 수북하게 쌓여 있었다. 그곳에 숨은 것처럼 잠수복을 강화하는 재료도 있지만, 기본적으로는 획득조차 할 수 없는 배경 오브젝트다.

　수중 활동 시간에는 여유가 있으므로 소재와 장비 등이 생긴다면 최대한 많이 챙겨가고 싶은 사리는 놓치는 것이 없게끔 녹슨 부품을 치우며 구석구석 탐색하고, 다시 다음 통로로 헤엄친다.

　개미굴 형태라고 예상한 이 장소는 아무래도 창고나 폐기장, 아무튼 인공물이 모이는 장소였는지 아직 가동 중인 기계가 사리의 움직임에 반응해 빛의 탄환을 쏜다. 사리는 이게 생물이 없는 이유일지도 모른다고 생각하며 잠수복 부품을 회수했다.

　한 단계 더 깊어진 만큼 모이는 부품도 많고, 이것만으로도 여기 온 가치가 있다고 할 수 있다. 현재로선 몬스터의 압박도 없고, 빛의 탄환도 별로 심하지 않으므로, 시간을 거의 의식하지 않아도 되는 지금의 사리에게는 힘들지 않다.

　하지만 여기가 던전이고 보스방 앞의 문이 보인다면 사정이 달라진다. 집중력을 키우고 단숨에 공략하는 것을 목표로 삼아야 한다.

　사리는 그걸 바라고 들어왔다. 필요한 것은 새로운 스킬과 장비이지, 느긋하게 부품을 수집하려고 온 것이 아니다.

　"바라는 대로 되면 좋겠는데 말이지……!"

　보스방이 있기를 빌면서, 사리는 날아드는 빛의 탄환을 피하고 안쪽으로 헤엄쳐 갔다.

안쪽으로 갈수록 물에 잠긴 망가진 기계가 많아지고, 그만큼 사리를 공격하는 것도 늘어났다.

사리는 그것을 잘 피하고 있지만, 그 와중에 빛의 탄환과는 다르게 물속에 둥실둥실 뜬 희미한 빛과 마주쳤다. 정체가 무엇일지 경계하면서 천천히 접근하자 희미한 빛은 서서히 모양을 바꿔 커다란 물고기의 형태로 변해 사리를 향해 힘차게 돌진했다.

"【윈드 커터】!"

잽싸게 마법으로 견제하지만, 바람의 칼날은 빛으로 된 투명한 몸을 그대로 통과해 버렸다. 사리는 서둘러서 회피를 시도하고 돌진을 피하지만, 물고기는 다시 사리에게 돌진한다. 이번에는 스쳐 지나가듯이 단검으로 베지만, 공격이 명중한 기색은 전혀 없이 단검이 물속을 지나간 느낌만 들었다. 당연히 대미지 이펙트도 뜨지 않는다.

어느 정도 체력과 방어력이 있으면 정말로 몬스터인지 확인하고자 공격을 일부러 맞아도 되지만, 사리는 그럴 수 없다. 그렇게 거듭되는 돌진을 피하면서 어떻게 할지 생각한 결과, 한가지 결론에 이르렀다.

"뭔가 찾을 때까지 피하면서 갈 수밖에 없나……."

좌우지간 현재는 회피할 수 있는 수준에 그쳐서 일단 어떻게든 할 방법을 찾아내는 것도 목적에 추가해서 전진하기로 한다. 다만 8층 몬스터와 비교하면 돌진 말고 다른 행동이 없이 단순해서, 사리는 마치 피하는 것이 당연한 전제인 것처럼 느껴졌다.

사실 사리만큼의 회피 능력이 없어도 여기까지 게임을 진행한 플레이어라면 대부분 이 정도 공격을 피할 수 있으리라.

"이 느낌으로 봐선 보스도 이상한 게 나올 것 같네."

사리는 회피하면서 쑥쑥 헤엄쳐 나간다. 멈춰서 피하지 않고 앞으로 가면서 최소한의 움직임만으로 피하기 때문에 시간을 거의 소비하지 않고, 사실상 공기 취급이다.

빛의 탄환을 피하면서 그러는 것은 역시나 사리답다고 할 수 있었다.

이 구멍은 매우 특수한 구조인 듯, 자동으로 공격하는 함정과 빛으로 만들어져서 공격할 수 없는 물고기만 있다. 던전으로 만들어진 게 아니라 물속에 가라앉은, 폐기된 것들이 모인 장소 같아서, 사리는 가면 갈수록 보스가 없을지도 모른다고 느끼기 시작했다.

"와, 늘었어……."

지금도 공격 중인 실체 없는 물고기는 한 마리가 아닌 듯, 눈앞에서 빛이 형태를 갖추고 새로이 두 마리 물고기가 주위를 헤엄치기 시작했다.

"늘어난다면 기믹 해제도 가능할 것 같지만!"

몬스터치고는 끝까지 쫓아오니까 십중팔구 뭔가 기믹이 있을 테지만, 해제하는 방법은 여전히 모른다. 모르는 건 신경 써도 소용없으니까 계속해서 공격을 피할 수밖에 없다. 가속과 감속을 잘 구사해서 직선적인 공격을 쓱쓱 회피한다. 물속이라는 이점을 살려서 위아래도 써서 자유자재로 회피하는 그 모습은 빛으로 된 물고기보다도 훨씬 물고기 같다.

상승과 하강을 반복해서 넓은 공간 바닥에 쌓인 망가진 부품을 체크하고, 지금껏 그랬던 것처럼 잠수복 부품을 찾는다. 동시에 물고기를 해결할 방법이 없는지 조사해 보지만, 여전히 단서가 없다.

"오케이. 어쩔 수 없나."

그렇다면 가장 깊은 곳에 도착할 때까지 다 피해 주겠다며 벼르고, 사리는 다시 한번 물을 세게 박차서 가속했다

그렇게 얼마 후, 구멍 속에서는 사리가 물고기를 대량으로 거느리며 헤엄치고 있었다. 이제는 작은 물고기 집단이 되어서 끝까지 따라오는 바람에 더는 느긋하게 탐색할 겨를이 없다.

"대체 얼마나 있는지 모르겠어……!"

숫자가 적을 동안에 없앨 방법을 최대한 찾아봤지만, 그럴싸한 것은 아무것도 없었다. 잠수복이 수중 이동을 강화해 주는 덕분에 피할 수는 있지만, 사리라서 겨우 가능한 것뿐이다.

그렇다고는 해도 집중력도 한계가 있는 만큼, 사리에게도 이 상황은 좋지 않다. 나아가 단검으로 쳐낼 수도 없으니까 회피 방법도 제한되는 것이 난이도를 확 끌어올렸다.

"틈새를 만들고, 지금!"

넓은 공간에서 주위를 에워싸는 실체 없는 물고기 집단이 돌격하면서 생긴 틈새에 몸을 밀어 넣고, 그대로 통로를 빠르게 나아간다. 통로는 좁아서 멈추면 뒤에서 돌진하는 물고기 집단을 피할 수 없다.

그렇게 고속으로 헤엄치는 가운데, 통로 안쪽에서 대량의 빛의 탄환이 날아오는 게 보인다. 그것은 뒤에 있는 물고기 집단과 마찬가지로 통로를 가득 메울 정도의 양인데, 제각기 발사된 시간 차이로 생긴 아주 작은 빈틈만이 있었다. 그래도 사리는 그것으로 충분하다는 듯이 감속하지 않고 빗발처럼 날아드는 빛의 탄환 속으로 파고든다.

"후우……!"

주위 풍경의 흐름이 느리게 느껴질 정도로 감각을 곤두세우고, 아주 작은 오판도 용납되지 않는 가운데 완벽하게 틈새를 누빈다. 사리를 일부러 피하는 것처럼, 마치 처음부터 안 맞는 것이 당연한 것처럼, 수십에 달하는 빛의 탄환은 전부 등 뒤로 빠져나갔다. 지금까지 한 것을 이번에도 할 뿐이라며, 사리는 전부 피하고 통로를 끝까지 헤엄친다. 의지가 없는 빛의 탄환에 첫 피격을 줄 수는 없는 것이다.

"좋아. 빠져나왔어!"

그렇게 통로를 나아가 빛의 탄환이 잦아들었을 무렵, 사리의 키를 훌쩍 뛰어넘는 문이 시야에 들어왔다.

그와 동시에 지금껏 집요하게 쫓아오던 물고기 집단도 소멸하고, 물속에 정적이 찾아온다. 눈앞에 있는 것은 보스방을 알리는 문이며, 다시 말해 여기가 가장 깊은 곳인 셈이다.

"여유는…… 응, 있네."

나머지 수중 활동 시간을 확인하고 어느 정도는 여유롭게 싸울 수 있다고 판단한 사리는 그대로 보스를 공략하기로 했다.

"처음 물속에서 싸웠을 때보단 강해졌을 텐데 말이야."

앞에서 뭐가 나올지. 사리는 한 번 눈을 감고 집중력을 키운 다음, 천천히 문으로 다가가 열어서 안을 확인한다.

안은 원구 모양으로, 전체가 물에 잠기고 이전과 똑같이 오래된 부품과 용도를 모를 기계가 대량으로 방치된 상태였다. 그러나 현재로선 보스로 보이는 존재가 어디에도 없다.

"들어가 봐야 알려나……."

기습을 조심하면서 사리가 안에 들어가자 잡동사니 산 위에 삐딱하게 올라간 모니터 같은 물건이 희미하게 빛난다. 사리가 그것을 보고 대비하자, 쌓인 기계를 밀쳐내면서 오는 길에 본 빛 탄환 발사 장치가 튀어나온다.

그러나 그것은 보스가 아닌 듯, 실내 중심에서 강한 빛이 발생하고 형태를 이루기 시작한다. 빛이 잦아들자 창을 든, 상반신이 인간이고 하반신이 물고기인 남자가 실체를 드러내는데, 그 위에 보스의 HP 막대가 표시되면서 사리의 긴장을 더욱 키운다.

"실체도 만들다니, 진짜 대단한 방위 시스템이야."

여기까지 왔지만, 그런데도 지금부터가 진짜다. 장비를 위해서도, 더 중요한 목적을 위해서도, 사리는 질 수가 없다.

사리가 단검을 다시 쥐는 것을 보고 보스도 창을 바로잡는다. 그리고 그것을 원을 그리듯 휘두르자 궤도를 따라서 실체가 없는 물고기가 출현한다. 또한 튀어나온 총구도 덩달아 빛나기 시작한다.

다음에 어떤 일이 생길지 짐작했을 때 오는 길에 봤던 물고기 집단과 빛의 탄환이 사리에게 덮쳐들었다.

"그건 이미 익숙해졌어!"

사리는 잽싸게 그 자리에서 이동해서 양쪽을 회피하려고 한다. 빛의 탄환도 물고기도 다가오는 속도는 빠르지만, 움직임은 직선적이어서 지금 있는 장소로 날아온다. 넓은 장소에서는 어느 정도의 속도로 크게 움직이기만 하면 맞을 걱정이 없다. 그게 사리라면 더더욱 그렇다.

정말로 조심해야 하는 것은 회피를 그만두고 공격으로 전환할 때, 그리고 다름 아닌 보스 본체의 움직임이다.

지금껏 본 보스가 그랬던 것처럼 이번에도 몇 가지 공격 패턴이 있을 것으로 생각된다. 시간은 여유가 있다. 중요한 것은 적의 공격을 간파하고, 대미지를 안 받고서 반격할 기회를 찾는 것이다.

사방팔방 날아드는 공격을 피하며 신중하게 낌새를 엿보는 동안 보스가 움직이기 시작하고, 그 손에 쥔 창을 높이 쳐들어 단번에 휘둘렀다. 이번에는 아까와 다르게 소환이 아닌 듯한데, 사리는 직감적으로 무언가를 눈치채고 물을 박차서 잽싸게 이동한다. 그런 사리의 머플러 끝단을 스치며 무언가가 확 지나간다.

"물줄기…… 기억해야겠어."

그렇다. 보스가 다루는 것은 물의 흐름. 지속 시간을 모르고, 사람 하나는 쉽게 집어삼킬 정도로 큰 물줄기가 구체형인 보스방을 종단하듯 발생한 것이다. 당연히 휩쓸리고도 무사할 보장이 없다. 시야도 나쁘고, 빛의 탄환을 회피하고자 빠르게 헤엄칠 필요가 있는 지금 상황에서는 발생한 곳을 기억할 수밖에 없다.

"【물 두르기】!"

사리는 머릿속으로 보스방을 떠올리며 어디에 물줄기가 발생했는지를 항시 갱신함으로써 자신이 지나가야 할 루트를 구축하고는 가속해서 보스를 향해 빠르게 접근한다.

물줄기가 이동하는 곳을 제한하고, 그것이 언제까지, 얼마나 발생할지 모르는 이상, 예정대로 오래 관찰하고 있을 수도 없어진 것이다.

날아드는 빛의 탄환을 피하고, 돌진하는 물고기 집단을 빠져나가, 마지막에 보스가 받아치려는 듯이 내지른 창끝을 한 손에 든 단검으로 쳐내고 그대로 어깻죽지를 깊이 벤다. 날아드는 것이 이만큼 많으면 【검무】가 쉽게 사리를 한계까지 강화해 준다. 그 일격은 겉보기보다 훨씬 무거워서, HP 막대가 눈에 띄게 줄어든다.

"대미지도 들어가게 됐……네!"

단검으로 벤 사리를 쫓아가듯이 새로운 물줄기가 생기지만, 몸을 틀어서 아래로 파고들 듯이 회피한다. 그러자 이번에는 실체가 없는 물고기를 더 추가하는 것이 보였다.

"좋은걸. 의욕이 생겨!"

사리는 집중력을 더 높이고, 날아드는 것에 대량으로 공격당하면서도 냉정하게 피해 나간다.

사리의 회피 기술은 처음부터 뛰어났지만, 전투를 거듭하면서 더욱 연마된 것이다.

적이 만드는 모든 것을 회피하고, 틈새를 누비듯이 접근해 공격한다.

치고 빠지기 스타일은 변함없지만, 주는 대미지와 공방의 밀고 당기기는 과거 수중전에서 보스를 해치웠을 때와 비교도 안 된다.

"후…… 야압!"

상하좌우의 공격을 피하고, 보스를 벤다. 사리와 비교하면 보스의 움직임은 굼뜨고, 그 창끝은 사리를 포착할 수 없다. 물량, 환경, 이 모두가 보스에게 유리하지만, 그런데도 밀리는 건 보스였다.

보스의 공격은 시간이 갈수록 늘어나지만, 한 사람만큼의 틈새가 있는 이상 사리는 반드시 그곳으로 빠져나간다.

스킬을 사용하지 않아도 대미지를 줄 수 있게 된 것도 원래부터 적은 사리의 빈틈을 줄였다.

그렇게 공방을 거듭하는 가운데 실내에서는 물줄기가 여기저기 그물처럼 깔리고, 보스의 아군인 까닭에 그 영향을 받지 않고 날아드는 물고기 집단과 빛의 탄환이 끊임없이 사리를 공격하고 있었다. 상황은 나빠지기만 하지만, 사리의 집중력은 떨어지지 않는다.

"한 번 더……!"

사리는 공격의 빈틈에 파고들어 단숨에 물줄기 사이를 빠져나가 다시 한번 중앙에서 진을 친 보스를 베러 간다. 스킬은 쓰지 않고 상대에게 보이는 빈틈을 최소한으로 억제해서, 철저한 그 행동에 보스는 공격이 잘 통하지 않고, 몇 번째인지 모를 심각한 피해를 본다.

그리하여 보스의 HP가 50퍼센트 이하가 되었을 때, 다시 거리를 벌린 사리는 다음 행동을 경계한다. 보스의 공격 패턴이 달라진다면 지금부터일 것이기 때문이다.

"……!"

사리의 예상대로 보스의 움직임이 변화했다. 빛이 모이고 새로운 창이 실체를 드러낸다. 물줄기 안에서 빛이 뭉쳐 흐르기 시작한다. 그것으로 물줄기의 위치가 뚜렷해지지만, 기뻐할 일이 아님은 금방 증명되었다.

사리가 관찰하는 사이에 빛이 갑자기 물줄기를 벗어나 튀어 나온 것이다. 상체를 틀어서 피하지만, 그것이 다는 아닌 듯 다른 물줄기로 들어간다.

"참 얄미운 짓을 하네!"

흐르는 빛은 불규칙하게 발사되어 사리를 노리는 듯했다. 벽에 설치된 총구에서 쏘는 빛의 탄환과는 다르게 이동하며 다양한 위치에서 공격하는 이동 포대다. 그것을 피하려면 더욱 신경을 곤두세워야 하리라.

다만 사리는 강화의 방향성이 알맞아서 안심하기도 했다.

피하고, 두 개의 무기를 흘릴 수만 있다면 할 일은 전혀 달라지지 않는다. 그리고 사리는 할 수 있다는 자신감이 있다.

사리는 다시 물을 박차고 보스를 향해 가속한다. 좌우에서는 빛의 탄환이, 정면에서는 물고기 집단이, 추가된 것도 합치면 바늘구멍 같은 틈새를 빠져나갈 필요가 있다.

"응. 더 엄청난 탄막을 알거든."

사리는 누가 들으랄 것도 없이 중얼거리고 단숨에 물고기 집단 사이를 빠져나간다. 몸놀림에는 아주 작은 실수도 허용되지 않지만, 사리에게 탄막 피하기란 메이플과 둘이서 싸우면서 항상 한 일이다. 뒤에서 날아오는 총탄도 피할 수 있게 된 지금, 정면에서 오는 것에 맞는 실수는 저지르지 않는다.

원래라면 아주 작은 틈새도 사리의 눈에는 확실하게 지날 수 있는 안전한 루트로 보이는 것이다.

"몇 번 해도, 똑같아."

사리는 보스에게 가까이 파고들어 잽싸게 제동을 걸고, 휘둘리는 두 개의 창을 고작 몇 센티미터 거리에서 회피하며, 물속에 있는 것을 살린 입체적인 움직임으로 보스의 가슴을 찌른다.

탄막으로 잡을 수 없는 상대를, 고작 두 개로 늘어난 창으로 어떻게 할 수는 없는 법이다.

지금의 사리에게는 가야 하는 장소가 있다. 도달해야 할 강함이 있다. 그러기 위해서 한계까지 끌어올린 집중력을 살려 임하는 전투는 이전보다도 훨씬 손쓸 수 없다.

그 HP가 다 사라질 때까지 몇 번이고, 보스가 그러는 것처럼 표적을 향해 곧바로 나아간다. 더 높은 정확도로, 더 높은 살상력으로.

"장비, 스킬. 내놓고 가."

빛의 비가 된 탄막을 뚫고, 파란 실루엣은 이번에도 똑바로 보스에게 도달하더니, 마지막 일격으로 그 몸을 갈랐다.

보스의 몸이 빛이 되어 소멸하자마자 물줄기와 물고기 집단도 소멸하고, 총구도 빛의 탄환을 발사하지 않게 되었다. 사리는 몸에서 힘을 풀고 끌어올렸던 집중력은 평소 상태로 되돌려서 무사히 전투가 끝났다는 사실에 안심했다.

수중 활동 시간도 아직 문제가 없어서 차분하게 주위를 둘러보자 처음에 켜진 모니터 같은 물건이 다시 빛을 내는 것이 보였다.

사리는 또 몬스터가 나오는가 싶어서 경계하지만, 괜한 걱정이었던 듯하다. 그 앞에 빛이 모이는가 싶더니 이번에는 보물 상자가 출현한다.

"오, 뭐든지 만들 수 있는 거구나. 더 주지는…… 않으려나."

사리가 다가가서 톡톡 두드려 보지만, 새까매진 모니터 화면은 아무 반응도 없다. 이번에 이 방에서 나온 보스 같은 것의 진짜 원흉은 사실 이 기계일지도 모른다.

"어디 보자. 좋은 게 나와라!"

사리가 보물 상자를 열자 바라던 것이 나왔다.

지금 사리가 쓰는 것보다 큰 외날 단검이 한 자루. 그리고 허름하게 보이는, 주머니와 벨트가 여럿 달리고 후드가 있는 회색 코트. 심플한 초커 목걸이가 하나에 튼튼해 보이는 바지가 전부인 듯하다. 특징적인 것은 장비의 곳곳이 빛나서 노란 폴리곤을 발생시킨다는 점이다. 이것은 보스가 그랬던 것처럼 출처가 저 모니터임을 알려주는 것이리라.

"자, 어떤 느낌일까?"

사리는 곧장 기대하면서 장비의 성능을 체크한다.

『허구의 코트』

【AGI +30】【DEX +25】【파괴불가】

스킬【위장】

『무형의 칼날』

【STR +50】【AGI +20】【파괴불가】

스킬【변환자재】

『비실체 현출 장치』

【DEX +20】【INT +30】【MP +50】【파괴불가】

스킬【홀로그램】

『경계의 옷』

【AGI +40】【STR +30】【DEX +20】【파괴불가】

스킬【허실반전】

【위장】

스킬, 마법 및 장비의 명칭과 외형을 변경할 수 있다. 실제 효과, 능력
은 원본에서 변하지 않는다.

【변환자재】

무기의 외형 종류를 자유롭게 변경할 수 있다. 무기의 기본 취급은 단검이며, 사용할 수 있는 스킬도 단검을 기준으로 한다.

【홀로그램】

일정 시간 내로 사용된 스킬, 마법과 완전히 같은 것을 발동할 수 있다. 단, 이펙트가 발생하는 것 이외의 효과는 없다.

【허실반전】

【홀로그램】 등, 대미지를 주지 않는 특정 스킬 하나를 선택한다. 이로써 생성된 것이 대미지를 줄 수 있게 되지만, 그 대신에 그 밖의 공격으로 대미지를 줄 수 없게 된다.

효과 시간 15초. 재사용 대기시간 30분.

"오, 스테이터스 상승치도 좋네. 스킬은…… 재미있는걸."

사리는 스킬을 다시 확인한다. 유니크 시리즈답게 성능이 특이한 이 장비들은 스킬이 전부 달렸지만, 대부분 사용자를 즉각 강화하는 것과는 거리가 멀다. 멀쩡하게 대미지에 영향을 주는 것은 【허실반전】이지만, 재사용 대기시간을 봐서는 한 전투에서 한 번밖에 쓸 수 없으리라. 게다가 설명으로 봐서는 대미지를 주지 않는 보조 스킬은 대상이 아닐 듯하다.

그래도 가능성이 있다. 사용하는 스킬의 폭이 늘어나는 것이 어떤 의미를 지니는지는 카나데를 보면 알 수 있다.

잘 쓰면 전투의 상황을 뒤집을 수도 있으리라.

"사용하기 나름인 느낌이야. 조금 더 시험해 봐야겠어."

몇 가지 좋은 사용법을 생각해 두지 않으면 정작 급할 때는 잘 쓰지 못할 것이다. 메이플의 스킬처럼 단순히 발동만 하면 강한 것과는 조금 사정이 다르다.

아무튼 새로운 장비를 입수한 사리는 곧장 효과를 조금 시험해 보기로 했다.

"그러면 먼저…… 무기를."

사리가 【변환자재】를 발동하자 손에 쥔 단검의 빛의 집합체가 되고 잠시 후 실체가 된다. 그러자 사리의 손에는 단검이 아니라 키만큼 큰 창이 생겼다.

"그렇구나……. 마이와 유이를 위해서 다른 무기를 쓴 게 도움이 될지도 몰라."

사리는 그대로 단검을 다양한 무기로 변경해 나갔다. 대검, 도끼, 활, 방패, 무기별로 사거리가 다르고, 당연히 조작감도 다르다. 그러나 사리는 무척 재미난 것을 보듯이 손에 든 무기를 휙휙 바꿔 나간다. 전투 중에 원하는 무기로 변경할 수 있다면, 그리고 그것을 충분히 사용할 수 있다면, 이것은 큰 위협이 될 수 있으리라.

훈련할 것이 또 늘어난 셈이지만, 그렇기에 사리는 즐겁게 여긴다.

"다른 건 길드 홈에 가서 볼까. 다른 사람들에게 어떻게 보이는지도 중요하니까."

사리는 일단 장비를 원래 유니크 시리즈로 돌리고, 숨이 막히기 전에 던전에서 나와 수면으로 돌아갔다.

길드 홈에 돌아가자 마침 메이플이 이즈에게 소재를 주던 참이었다.

"어, 사리! 잘 다녀왔어. 깊은 데까지 갔지? 어땠어?"

"후후. 완벽해. 먼저 부품을 줄게."

그렇게 말한 사리는 한 단계 더 깊은 물속에서 구한 부품을 건넨다.

"응응. 역시 양도 늘어나는구나. 나도 최대한 힘내서 모두를 더 깊은 곳으로 보내줘야지."

혼자서 모은 것치고는 확연하게 양이 많아서, 역시 평소처럼 좋은 장소에는 일찍 가는 게 중요하다는 것을 알 수 있다.

"던전 안에 많이 떨어져 있어서, 찾으면 들어가 보는 게 좋을지도 몰라요."

"알았어. 다른 사람들한테도 말할게."

"던전에 갔어? 어땠어?"

"후후후. 말했지? 완벽하다고. 봐봐……."

사리는 장비를 변경하고 그 자리에서 빙 돌아서 두 사람에게 보여줬다.

"오오! 느낌이 전혀 달라! 멋져!"

"근사한걸. 스킬도 있니?"

"그래요, 스킬. 스킬도 있어서 돌아온 거예요. 마침 잘됐어, 메이플. 잠시 부탁하고 싶은데."

"뭔데, 뭔데?"

사리는 스킬을 써보고 싶다는 것과 다른 사람의 도움이 필요하다는 것을 설명하고는 메이플과 이즈를 데리고 훈련장으로 걸어간다.

"메이플의 스킬이라면 특히나 알기 쉬울 것 같아서."

"……?"

"후후. 궁금한걸."

그리하여 훈련장에 도착하자 사리는 곧바로 부탁을 말했다.

"그러면 조금 떨어지고…… 메이플, 시험 삼아 【히드라】를 써볼래?"

"아, 알았어! 어어, 【히드라】!"

메이플이 벽에 대고 스킬을 날리자 평소처럼 독이 철철 나와서 주위를 독의 늪으로 바꾼다.

"이러면 돼?"

"응. 그러면 메이플은 그대로 방패를 들고 나를 봐."

"어……? 응, 알았어."

무슨 일이 일어날까 이즈가 지켜보는 가운데, 메이플은 사리가 시키는 대로 방패를 든다.

"간다. 【히드라】!"

원래라면 사리가 말할 리가 없는 키워드에 맞춰 커다란 보라색 마법진이 펼쳐진다.

메이플과 이즈가 눈을 휘둥그레 뜨는 가운데, 메이플을 향해서 아까와 똑같은 독이 휘몰아친다. 그것이 메이플이 든 방패를 향해서 날아가는데, 평소라면 【악식】에 흡수되어야 할 것이 그대로 방패를 관통하고 지나간다.

"으어?! 어……?"

메이플이 놀라지만, 독은 그대로 메이플의 몸도 관통해 지면에 흩어진다.

어떻게 된 일인가 싶어서 고개를 갸우뚱한 메이플이 사리를 보는데, 사리도 이렇게 되는구나 싶어서 감탄한 기색이다.

"정해진 시간 내에 사용된 스킬 이펙트만 복사해서 쓰는 스킬. 완전히 가짜니까 대미지는 없지만."

명중해서 터져도 대미지가 안 뜨는 게 아니라, 던전의 물고기가 그랬던 것처럼 【홀로그램】이 만든 것에는 접촉할 수도 없는 것이다. 이즈도 사리가 만든 독의 늪에 손대 보지만 만지지 못하고 쑥 지나간다. 하지만 보기만 할 때는 메이플이 만든 진짜독의 늪과 다를 게 없다.

"와, 진짜 나랑 똑같은 느낌이었어!"

"상대를 혼란에 빠뜨릴 수 있을지도 몰라. 이번 장비는 전체적으로 PvP용 느낌인걸. 몬스터한테 써도 효과는 별로 없을 거야."

"몬스터는 고민하거나 헤매지 않으니까. 그래도…… 조금 어렵겠는걸. 사리는 잘 쓸 것 같지만."

"그리고 이렇게 만든 환영을 실체로 바꿀 수도 있어. 기본적으로 한 전투에 한 번이 한계지만."

"복사 스킬처럼 쓸 수도 있구나."

"그건 굉장해 보여! 진짜로 【히드라】를 쓸 수 있다는 거잖아?"

"그래. 다음에 또 연계에 넣고 싶어."

"응응! 더 없어?"

실험이 끝나서 다가온 메이플은 다른 스킬은 없냐며 눈을 빛내며 사리에게 물어본다.

"이 무기도 재밌어. 봐봐."

사리의 손에 있는 무기가 빛으로 변하는가 싶더니, 계속해서 종류가 바뀐다.

"앗, 이건 환상이 아니구나!"

"다른 무기로 변형할 수 있는 느낌이야. 돌아오는 길에도 조금 시험해 봤는데, 전투 중에도 돼."

"적절한 무기로 변경할 수 있는 거구나. 아아, 나도 그런 무기를 만들면 좋을 텐데……."

유니크 시리즈 특유의 이상한 성능에, 이즈도 만들 수가 없다면, 현시점에서 대장장이 스킬로는 만들 수 없다고 생각하는 게 좋으리라.

　이로써 다른 플레이어는 흉내 낼 수 없는, 본 적도 없는 전투 스타일을 취할 수 있다는 확신도 얻었다.

　"이건 길드 사람들이 있을 때만 쓰려고. 아무도 모르면 허를 찌를 가능성도 커지니까."

　단검이라고 여겼던 것이 갑자기 대검이 되면 피하기도 어려워진다. 예상하지 못했던 것에 반응하기는 어려운 법이다.

　"그리고 하나 더 있는데."

　"또 있어?! 굉장해! 어떤 거야?"

　"한다? 【위장】."

　사리가 그렇게 말하자 장비가 빛에 휩싸이고, 복장이 평소의 파란 코트와 머플러 차림으로 변화한다.

　"【퀵체인지】 같은 느낌?"

　"아니야. 변한 건 겉모습만. 봐봐."

　사리는 그렇게 말하고 【변환자재】로 단검을 변형시킨다. 그러자 단검만 효과가 풀려서 회색 일본도가 출현했다.

　"어머, 그런 장비도 있구나! 만들어 보고 싶어……. 할 수 있게 될까?"

　"스킬이나 마법의 이름, 외형도 바꿀 수 있으니까. 예를 들면…… 【파이어 볼】!"

그렇게 말하자 사리의 손에서 마법진이 펼쳐져 바람의 칼날이 훈련장에 있는 허수아비로 날아간다. 그러나 그 허수아비를 베는 일 없이, 명중하자 철퍽하고 물을 뿌렸다.

"?????"

뭐가 어떻게 된 건지 파악하지 못한 메이플에게 사리가 설명한다.

"이건 【워터 볼】의 스킬 이름을 【파이어 볼】로 하고, 【윈드 커터】처럼 보이게 한 거야."

이것저것 뒤죽박죽이지만 날아간 것은 【워터 볼】이므로 명중했을 때는 물이 터진 셈이다.

"그, 그렇구나."

"이것도 잘 쓰면 유리해질 것 같은데, 나도 더 익숙해져야겠어. 어떻게 쓸지는 생각했지만, 예전과는 다른 식으로 머리를 써야 하니까."

"아하하…… 나는 못 쓸 것 같지만, 사리는 할 수 있을 거야!"

"맡겨만 둬. 좌우지간 다음 대인전 때까지는 이것저것 익숙해질 테니까."

"믿음직스럽구나. 뭔가 필요한 게 생기면 말하렴. 준비해 줄게. 탐색도, 전투도, 힘내."

""네!""

이렇게 새로이 손에 넣은 힘을 잘 사용할 수 있게끔, 사리는 다른 플레이어들 눈을 피해 훈련했다.

3장 방어 특화와 수중 신전.

그로부터 얼마 후. 플레이어들이 속속 다음 단계 수심으로 진출하면서 더욱 쾌적하게 탐색할 수 있게 되었고, 【단풍나무】 멤버들도 모두가 더 깊은 곳까지 갈 수 있게 되었다.

먼저 보낸 사리만 진행 상황이 다르지만, 대체로 진도를 맞춘 상황이다.

8층 자체는 넓어도 갈 수 있는 구역의 제한이 엄격해서, 지금부터가 진짜라고 할 수 있다. 그 와중에 카나데는 마을 밖으로 나가는 일 없이 길드 홈 아래로 잠수했다.

그리고 몬스터도 없어서 쑥쑥 들어가 예전에 사리가 발견한, 힌트가 있는 석판이 있는 데까지 왔다.

"여길까?"

사리가 사진을 보내줬지만, 딱히 가기 어려운 곳도 아니어서 잠수복을 강화한 지금, 자기 눈으로 직접 보러 온 것이다.

카나데의 목적은 사리가 본 지도가 아니라 잘 모르는 기호가 적힌 석판이다. 그것을 하나하나 집어서 뭔가 고개를 끄덕이며 확인해 나간다.

"응응. 잘 보니 확실하네. 제법 자세한 힌트 같은걸……."

사리에게는 수수께끼 기호로만 보였던 것이 카나데의 눈에는 확실한 글자로 보였다. 지금까지도 그랬듯 게임 여기저기에 숨겨진 요소 중 하나. 도서관에 다녀서 책이란 책은 모조리 머릿속에 넣은 카나데는, 보통은 읽을 수 없는 이것과 똑같은 언어가 예전 층에도 있다는 사실을 알았다.

"음, 장난인 줄 알았는데. 도움이 될 때도 있는걸."

다만 직접적인 힌트를 얻은 것은 이번이 처음이다. 지금껏 다른 플레이어가 필드에 나가는 시간에도 마을에, 더 말하자면 도서관에 있었던 보람이 있는 셈이다. 필드를 뛰어다니는 이벤트와 던전과 거리가 먼 만큼, 머리를 쓰는 이벤트에 마주치기 쉬운 경향이 있는 것이다.

"지혜의 상자……. 이제야 나왔나? 후후, 안 될 것 같으면 남한테 줘야지."

카나데는 해독한 단어를 확인하듯 입에 담고 쓱쓱 헤엄쳐 지상 부분으로 돌아간 다음, 목적지가 생겼는지 그곳을 향해 필드로 보트를 내보냈다.

느긋하게 수면을 나아가던 카나데는 한 단계 더 깊은 구역에 도착해서 물속을 확인한다. 아래는 건조물이 마을과 똑같이 지붕에 쌓이듯 세워진 탑이 난립한 곳이었다. 이미 유리가 없어진 창문과 문이 없는 입구에서는 몬스터의 모습이 보여서,

전부 탐색하려면 고생깨나 할 것 같다.

"음, 몬스터가 제법 많은걸."

이걸 어쩌지 싶었던 카나데가 지금 보유한 마도서를 떠올린다. 소우에게 쓰게 하면 위력은 떨어져도 자신의 마도서가 사라지는 일은 없으므로, 잔챙이 몬스터 정도라면 얼마든지 해치울 수 있다.

다만 이번에는 도서관에 틀어박혀서 힌트를 살릴 수 있었지만, 당연히 그동안 레벨이 안 올라서 8층 기준으로 비교하면 낮은 것이 사실이므로 【아카식 레코드】와 【마도서고】를 잘 써서 싸울 필요가 있다.

"즉사로 쓸어버릴 수 있으면 간단하겠지만……. 응, 못 잡으면 곤란하니까 심플하게 하자."

작전을 정한 카나데는 타고 있는 보트를 수납해 그대로 물에 풍덩 떨어져 잠수한다.

"소우, 【의태】, 【요격마술】!"

소우는 카나데의 모습으로 변하고 주위에 마법진 네 개를 전개한다. 그것은 소우의 움직임에 맞춰 이동하고, 재빨리 헤엄쳐 다가오는 몬스터에게 빛의 탄환을 날린다. 위력과 발사 속도가 모두 뛰어난 이 스킬은 기본적으로 잘 피하지 않으면서 똑바로 덤벼드는 몬스터들에 강하고, 숫자에 숫자로 대항할 수 있다. 원래부터 조작할 필요가 없는 요격 시스템인 까닭에 소우가 써도 문제없이 힘을 발휘할 수 있는 점도 좋다.

"안은 좁아 보이니까, 몬스터도 적을까? 어차, 【전격창】!"

소우를 중심으로 공격하고, 빠져나온 몬스터는 【아카식 레코드】의 당일 한정 스킬로 대응한다. 물속에 전기가 퍼지며 카나데의 손에 창이 나타나고, 투척과 함께 직격한 몬스터는 물론 주위도 한꺼번에 대미지를 준다.

"좋은걸. 마도서도 남겨둘까."

빈틈도 적고 심플하게 사용하기 쉬운 스킬이므로 보관해서 손해 볼 일은 없겠지. 【아카식 레코드】를 입수한 뒤로 이렇게 비축한 마도서는 공중에 뜬 책장에 즐비하다. 그렇다고는 해도 일회용이라는 사실에는 변함이 없다. 그렇기에 소우가 동료가 되면서 마음 편하게 쓸 수 있게 된 것이 크다.

"사용할 때가 온다면, 말이지."

그렇게 몬스터를 물리치고 가장 높은 건물의 창문으로 간 카나데는 나머지 시간을 확인하며 안으로 들어간다. 카나데의 수중 활동 시간은 딱히 길지 않다. 이 높은 건물을 탐색하는 중에 익사하면 한심하다.

"몇 번인가 잠수해야 할 것 같아. 내 예상으론……."

카나데는 목표가 예상과 같다면 그만큼 오랜 시간을 확보할 필요가 있다고 생각했다.

진도에 따라서는 한동안 여기를 다니게 될지도 모른다고 생각하며, 카나데는 몬스터가 적은 건물 내부에서 아래로 내려가기로 했다.

건조물은 위아래로 길지만, 구조 자체는 복잡하지 않다. 나무 블록을 쌓은 것처럼 생긴 각 건물의 아래로 이어지는 계단 또는 사다리가 있고, 그것을 지나가면 문제없다. 뭔가 놓치는 것이 없도록, 한편으로 활동 시간을 고려해서 서두르며 각 방의 내부를 확인하고 내려가자 어느 정도 진행한 시점에서 방의 분위기가 달라지기 시작했다.

"어차, 슬슬 뭔가 생길 거 같은걸."

벽과 바닥 일부에 카나데가 여기 온 이유가 된 석판에 적힌 것과 똑같은 글자가 보이기 시작했다. 카나데는 함정이 없는지를 확인하며 다가가 그것을 해독한다.

"아하……. 역시 숨겨진 요소였어. 예전에도 그랬으니까."

지금껏 마도서를 쓰는 전투 스타일의 플레이어를 자신 말고 본 적이 없는 것은, 이 게임에서 몇몇 스킬이 그런 것처럼 일반적으로 탐색해서는 찾을 수 없는 스킬이기 때문이다.

그리고 카나데가 여기를 찾아온 목적은 바로 그 마도서와 관계가 있다.

예전에 【마도서고】를 입수했을 때처럼, 실질적으로 【아카식 레코드】를 강화하는 무언가가 있다고, 이번 힌트가 카나데에게 알려준 것이다.

카나데는 기호 배치로 만들어진, 읽을 수 있는 사람만이 알 수 있는 힌트를 잘못 해독한 것이 아님을 재확인하고 다음 방으로 나아간다.

그곳은 마찬가지로 물에 잠겨서 딱히 특이한 것도 없는, 가구도 없는 빈방이었다. 하지만 카나데는 망설임 없이 한쪽 벽에 손을 대고 마법을 발동한다.

"마침 잘됐어. 【전격창】!"

방출된 전기가 벽 전체에 퍼진다. 카나데가 이를 지켜보고, 잠시 후 벽이 거미집 모양으로 파랗게 빛나더니 천천히 좌우로 나뉘어 문처럼 열린다.

"좋아. 아무래도 뭔가 있는 건 확실해 보이네."

성가신 힌트와 그냥 봐서는 눈치챌 수 없는 장치. 카나데는 그것이 무언가를 감추는 것임을 확신하고, 문 너머로 헤엄친다.

"다음은…… 이쪽이네."

카나데가 볼 때는 벽에 큼지막하게 힌트를 쓴 셈이니까 해독이라는 난관만 돌파하면 별로 어려운 일도 아니다. 돌로 된 건물의 벽과 천장과 바닥의 뚫린 곳과는 다른 숨겨진 루트로 망설이지 않고 진입한다.

카나데의 머릿속에는 지금까지의 루트를 개방한 방법이 똑똑히 들어가 있다. 이번에 보상을 챙겨서 돌아가지 못하더라도, 다음에 문제없이 이곳에 올 수 있으리라.

그렇게 한동안 간 곳, 수면 근처에서 본 경치와 여기까지의 오던 길을 계산하면 아마도 건물에서 가장 깊숙한 곳에 왔을 무렵에 이전과는 분위기가 조금 다른 문이 눈앞에 나타났다. 물에 잠겨 풍화된 건물과 달리 깨끗하게 유지된 것이 이질감을 느끼게 한다.

"자, 어떨까? 보스는 아닌 것 같은데."

경계하면서 다가가자 문이 멋대로 천천히 열린다. 열린 문 너머에는 조명이 늘어선 책장이 보인다. 신중하게 방에 들어서 본 그곳은 물속과 격리된 것처럼 문 위치를 경계로 물이 딱 멈추고, 안으로 들어오지 않았다.

"그렇구나. 그러면 걱정했던 것도 괜찮겠네. 이번에도 즐거울 것 같아."

카나데는 그렇게 말하고 실내를 둘러봐서 특수한 것이 없는지를 확인한 다음, 중앙에 놓인 제단 앞으로 다가간다.

제단 위에 마구잡이로 놓인 것은 수많은 하얀 퍼즐 조각이었다. 카나데는 예상이 맞았다며 그것을 하나 집는다.

완성할 수 있다면 뭔가를 얻을 수 있으리라. 카나데로선 여기가 물속이 아니어서 다행인 셈이다. 여러 번 수면을 왕복할 필요가 있을지도 모른다고 생각했지만, 그러지 않아도 된다면 집중해서 완성을 목표로 삼을 뿐이다.

숨을 한차례 내쉬고, 비치된 의자에 앉아 퍼즐 조각을 꼼꼼하게 확인해 나간다. 하나하나의 형태를 머릿속에 넣으며 조각을 살펴 나가면 그것이 어디에 딱 맞는지 눈에 들어온다.

사리의 회피가 그런 것처럼, 카나데는 남들이 도저히 흉내 낼 수 없는 방법으로 퍼즐을 완성해 나간다.

"여기에도 뭔가 힌트가 있거나 할까?"

지금 있는 방은 벽이 책장으로 가득 찬 상태이며, 그 책장에는 책이 빼곡하게 꽂혔다. 그것에 흥미가 생긴 카나데는 일단 퍼즐을 놔두고 책장에서 책을 꺼내 팔락팔락 훑어본다.

"흐응…… 길드 홈 지하에 있던 8층 이야기가 자세해진 느낌이구나."

8층의 설정에 해당하는 내용이 있지만, 직구로 던전의 힌트가 되는 것은 아니다. 카나데만 읽을 수 있는 글자를 쓴 것도 아니다. 다만 앞으로 나올 몬스터와 던전에 관해서 조금 예측할 수 있는 정도로 정보가 실렸다.

페이지를 넘기면 내용이 머릿속에 들어오므로, 다시 떠올리는 것은 카나데에게 쉬운 일이다.

오히려 여기 오는 방법이 어려우므로, 최대한 내용을 외우고자 모든 책을 확인한다.

"아쉬운걸. 쉽게 다음으로 이어지진 않나……."

고작 수십 분으로 내용을 전부 파악하고, 하다 만 퍼즐에 다시 손을 낸다. 조용한 방에서 퍼즐 조각을 맞추는 작은 소리만이 들리는 가운데, 지정된 틀이 하얀 조각으로 채워져 나간다.

"이건 이미 방식을 외웠어."

새하얀 퍼즐 조각이어서 그림을 완성하는 재미도 없는 탓에 조금 따분한 기색으로 나머지 조각을 맞춰 나간다.

원래라면 이런 식으로 척척 완성되어 가는 것이 아니지만, 카나데는 다른 듯했다.

방식을 외웠다는 말은 진짜인 듯, 한동안 퍼즐에 집중하던 카나데는 어이없어질 정도로 손쉽게 새하얀 퍼즐을 완성했다.

"휴…… 어떨까?"

잘못 맞춘 조각도 당연히 없고, 변화를 기다리는 카나데의 눈앞에서 퍼즐이 은은하게 빛나기 시작한다. 그러고 나서 카나데가 가진 것과 비슷한 루빅큐브가 출현한다.

"응, 예상대로야. 잘됐어."

카나데가 그것을 손에 들자 【마도서고】 때처럼 【아카식 레코드】와 융합해 하나가 되었다. 그것을 보고 곧장 어떤 스킬이 생겼는지 지팡이를 확인한다.

【기능서고】

MP를 쓰지 않는 스킬을 【기능서】로서 전용 【책장】에 보관한다.
보관된 스킬은 【기능서】를 사용할 때까지 사용할 수 없다.

요컨대 【마도서고】가 보관할 수 없었던 스킬을 보관할 수 있게 된 셈이며, 미리 준비하는 시간만 있으면 엄청난 강함을 발휘할 수 있으리라.

"모두에게 좋은 소식을 전할 수 있겠는걸. 지금쯤 뭘 하고 있을까?"

탐색하러 나선 다른 길드 멤버를 생각하며 카나데는 방을 뒤로한다. 지금은 이미 예상되는 아이템보다도 예상할 수 없는 일을 일으키는 길드 멤버들에게 관심이 가서, 다른 멤버가 재밌는 것을 찾아내지 않았을까 기대하는 눈치였다.

그런 카나데가 길드 홈으로 돌아오자 때마침 메이플과 사리가 이야기하고 있었다.

"아, 카나데! 오늘은 탐색하러 갔어?"

"응. 후다닥 가서 끝내고 왔어."

그렇게 말하고 카나데는 새롭게 입수한【기능서고】에 관해서 두 사람에게 설명한다.

"이번에는 뭐든지 스킬을 보관할 수 있구나……. 그건 자기가 안 쓰는 무기라도?"

"그건 결국 발동하지 않아. 아니, 조금 다른가…… 책은 만들수 있고, 소비하기도 하지만, 효과가 없다고 할까?"

그렇다면 발동하든 말든 관계없다며 사리는 아쉬워했다. 카나데가 말하기로, 책장을 추가하는 루빅큐브는【아카식 레코드】에서 이어지는 흐름이 있지만, 지팡이 전용은 아닌 듯하다. 입수할 때 사용한 무기의 스킬로 추가되는 아이템이라고 보는게 정확하리라.

그래도 입수하기만 하면 전투 때 사용할 수 있는 패가 늘어나는 셈이다.

"말은 그렇게 했지만, 애초에 깰 수 있을지 잘 모르겠는걸. 퍼즐은 잘해?"

"아아…… 그렇구나. 그게 있었지."

보스를 해치우는 형식이 아님을 떠올리고 사리는 입수하기 더욱 어렵겠다고 생각한다. 제아무리 전투에서 뛰어나도 【기능서고】는 구할 수 없다. 딱히 퍼즐이 쥐약인 건 아니지만, 새하얀 퍼즐을 손쉽게 풀어서 돌아오는 재주는 사리도 불가능하다. 애초에 완전히 활용하려면 【아카식 레코드】가 필요하기도 해서, 역시 기본은 마법사를 위한 스킬이라고 할 수 있다.

"내가 해줘도 되지만."

"아니, 그런 건 내가 해야지."

"후후. 그렇구나."

"있잖아. 잠수했더니 우연히 찾은 거야?"

"아니야. 길드 홈 지하에 힌트가 하나 더 있거든……. 예전 층에서 도서관에 가지 않으면 모르는 거지만."

카나데가 그렇게 말하고 글자에 관해 알려주자 메이플과 사리는 그런 게 있었냐며 놀란 표정을 지었다.

"앞으로는 기호를 찾으면 사진을 잘 찍어야겠어."

"응! 그렇구나. 지금까지 가 본 곳에도 있었을까?"

"글쎄? 너희는 나보다 많은 곳을 탐색한 것 같으니까 어딘가에 있었을지도 몰라.”

“앞으로는 놓치지 말아야겠다!”

“아하하, 그러면 너희도 배울래? 글자로 보이게 되면 놓치지 않게 될 거야.”

구조는 별로 복잡하지 않다며 제안하자 메이플과 사리도 납득하고 의욕적인 자세를 보인다.

“그러면 간단한 것부터 시작하자. 몇 글자만 읽을 줄 알아도 달라질 거야.”

“복잡하지 않다는 건 카나데 기준이 아니겠지⋯⋯?”

“어어?! 그렇다면 진짜 어려운 거 아니야⋯⋯?”

“글쎄?”

짓궂게 웃는 카나데는 이렇게 두 사람에게 자신이 외운 것을 가르쳐 주었다.

그리고 메이플과 사리는 한동안 길드 홈에서 카나데에게 새로운 언어를 배우게 되었는데, 어느 정도 진행한 시점에서 오늘은 그만 끝내기로 했다.

“어때?”

“겨, 겨우?”

“가르쳐준 만큼은.”

“층마다 있는 도서관에 정리되어 있으니까, 내키면 가서 힘내 봐.”

카나데도 본격적인 힌트로 글자를 발견한 것은 8층이 처음이다. 어쩌면 8층에는 그 밖에도 글자가 적힌 장소가 있을지도 모른다.

배워서 손해 볼 일은 없으리라.

"그럴싸한 게 보이면 나한테 메시지를 보내면 돼. 판단할 수 있을 거야."

"진짜? 고마워!"

"혹시 그럴 거면 배우지 않아도 괜찮은 게……?"

"모르는 걸 아는 건 즐거운걸?"

"그건 부정할 수 없지만."

"좋은 경험이잖아."

"그러네. 그런 건 별로 안 했을지도?"

게임에 따라서는 창작 언어가 있을 때도 있지만, 해독도 요구하는 경우는 별로 없다. 사리가 자주 하는, 액션 요소가 강한 게임이라면 더더욱 그렇다.

"나는 또 마을이라도 둘러볼게. 이번엔 마을 안도 중요한 것 같으니까."

"길드 홈 지하처럼 힌트가 있을지도 몰라!"

"응. 뭔가 찾으면 연락할게. 장소에 따라서는 나 혼자 가기 힘들 거니까."

"그때는 말해 주면 도와줄게."

"나도!"

"다음에는 너희의 재미있는 이야기를 기대할게."

"맡겨 줘! 여기저기 탐색하고 올게!"

카나데는 그 말을 듣고 살짝 웃고 고개를 끄덕인 다음, 처음에 말한 대로 마을로 다시 나갔다.

그리하여 남겨진 두 사람은 길드 홈에서 계속 이야기한다.

"자, 어쩔래? 어딘가 탐색하러 가자는 말을 했는데."

"카나데한테도 말했으니까…… 안 간 곳을 보러 가고 싶어!"

"좋아. 그러면 지도를 보고 생각할까. 바깥 경치를 봐서는…… 판단하기 어려우니까."

8층은 경관의 변화가 부족하고 수중 활동 시간에도 한계가 있어서 두 사람이 그런 것처럼 목표를 미리 점찍어 두고 움직이는 게 기본이다.

"어디 좋은 데 있어?"

"음…… 아직까진 부품을 모을 필요가 있다 보니까 다들 탐색을 많이 진행하지 않아서 정보가 부족해."

"그렇구나. 바쁘니까. 나도 최근에 강화한 참이고……."

"그래도 흥미로운 곳은 있어."

"그래?"

"평범한 던전이지만, 수중 신전 느낌이 나는 건물 안에 들어가면 나와."

"오오! 뭔가 굉장해 보여!"

"몬스터는 제법 강한 것 같으니까, 메이플과 한번 함께 싸워 보고 싶었어."

그렇게 말하고 사리는 손에서 새로이 입수한 단검을 빙글빙글 돌린다. 가장 자주 콤비로 싸우는 상대는 메이플이다. 새로운 스킬을 써서 연계를 시험해 보는 것도 나쁘지 않다.

"어려워 보이는 스킬이었지……."

"메이플은 평소처럼 싸우면 돼! 내가 맞출게. 몬스터가 상대면 할 수 있는 일도 한정되니까."

몬스터는 깊이 생각해서 잘못 판단하는 일이 없다. 그만큼 메이플은 이를 잘 살려서 유리한 고지를 점하기도 하지만, 언제나 뭐든지 잘 풀리는 건 아니다.

"오케이! 그러면 가자!"

"장소는 내가 아니까 그걸 타고 가자."

"아……! 그거!"

즐겁게 눈을 빛내는 메이플을 데리고 길드 홈을 나가서 필드와 마을의 경계에 도착하자 사리는 인벤토리에서 제트스키를 꺼냈다.

당연히 이즈가 만든 그것은 첨벙 소리를 내며 물에 떨어져 서서히 자세가 안정된다. 먼저 사리가 타고 손을 뻗어서 메이플을 천천히 뒤에 태운다.

"잘 붙잡아야 한다?"

"응! 난 못 타니까 기대돼!"

메이플은 솜씨가 한참 부족해서 조종할 수 없지만, 사리라면 문제없다.

"출발할게!"

"알았어!"

메이플이 떨어지지 않게 잘 붙잡는 것을 확인하고 출발해서 속도를 높인다.

"오오! 빨라, 빨라!"

"수상에선 빠르게 이동하기 어려우니까. 이즈 씨한테 감사해야지."

그렇게 물보라를 날리며, 두 사람은 목적지인 수중 신전으로 향했다.

한동안 물 위를 달리고, 지도를 보다가 아무것도 없는 지점에서 제트스키를 세운다.

"여기야?"

"응. 잠수해서 조금 들어가면 마법진이 있어서 전이하는데, 거기는 물속이 아니니까 마침 괜찮을 것 같아서."

메이플과 마이, 유이는 올인형 스테이터스라서 【수영】이나 【잠수】를 배울 수 없는 까닭에 이렇게 8층에서 헤엄쳐도 잠수복의 추가 성능 이상으로는 수중 능력을 강화할 수 없다.

그래서 시간이 많이 필요한 던전 공략은 어려우므로, 물속이 아닌 것은 반가웠다.

"물속이 아니구나. 신기하네."

"카나데가 갔다고 한 방과 비슷한 느낌이랄까? 바깥과 나뉘어서 물이 안 들어온대. 뭐, 거기 도착할 때까지는 물속이지만."

"서두르면 되겠지?"

"그래. 출발하자."

"응!"

두 사람은 잠수복을 입고 물속을 똑바로 잠수한다.

"사리는 이 근처에도 자주 왔어?"

"어느 정도는 말이지. 하지만 꽤 넓으니까 탐색하다 놓친 것도 아직 많을 거야. 아, 메이플! 오고 있어! 관통 공격은 없어!"

사리가 손짓한 곳에서 작은 물고기 집단이 헤엄쳐서 다가오는 것이 보였다. 사리가 짤막하게 필요한 정보를 전하자 메이플도 뭘 원하는지를 이해했다. 관통 공격이 없고 적이 많을 때는 사리보다 메이플이 낫다.

"【헌신의 자애】!"

물속에서 빛이 퍼지고, 등에서 날개가 생긴다. 원기둥처럼 전개되는 희미한 빛의 필드에 물고기 집단이 돌격해서 두 사람을 에워싸지만, 메이플은 물론이거니와 보호받는 사리도 대미지를 받지 않았다.

"고마워, 메이플. 전부 몬스터는 아니지만, 그래도 제법 많으니까."

"다행이야⋯⋯. 와, 안에서 보면 이런 느낌이구나⋯⋯."

실제로는 두 사람을 매섭게 공격하고 있지만, 메이플이 있으면 물고기 집단 속에서 함께 헤엄치는 것과 다름없는 풍경을 볼 수 있다.

두 사람을 에워싼 물고기 집단은 햇빛을 반사한 비늘이 반짝반짝 빛나고, 대군이 감싸는 바람에 기둥처럼 아래로 이어지고 있었다.

"안에 들어갈 수 있는 사람은 메이플밖에 없을 거야. 대미지도 안 뜨니까 이대로 방치해도 되지 않을까? 예쁘고 말이지."

"응! 한 마리 정도는 손으로 붙잡을 수 없을까⋯⋯?"

"메이플의 스테이터스론⋯⋯ 어떨까? 관계없을까?"

메이플은 주위를 빙빙 도는 물고기 집단으로 손을 뻗어 보지만, 탁탁 부딪혀서 튕길 뿐 잘 붙잡지 못하고 물속으로 가라앉는다.

"으으, 안 되나 봐."

"꽤 가라앉았으니까, 슬슬⋯⋯."

사리가 그렇게 말한 순간, 행동 범위에서 벗어나서 그런지 물고기 집단이 뿔뿔이 흩어져 수면 쪽으로 돌아가 버렸다.

"앗! 그렇구나. 돌아가는구나."

"나 혼자선 볼 수 없는 광경이었어."

"후후후. 좋았어?"

"응. 우연이지만. 그리고 진짜 목표인⋯⋯."

"수중 신전이구나!"

메이플이 뒤처지지 않게 손을 잡고 헤엄치는 사리는 물속에 있는 무너진 건물로 향한다. 잔해가 된 옛 마을을 헤엄치며 나아가자 허름해진 큰 기둥이 늘어선 신전 터가 보인다. 이미 물고기와 조개의 터전이 된 장소지만, 기둥 사이로 마법진이 내는 빛이 흘러나오는 것이 보였다.

"저걸까?"

"응, 맞아."

"이러면 위에서 봐선 모르겠어."

"앞으로 탐색할 때는 조금 특이한 지형을 표식으로 삼으면 돼. 그리고 힌트가 없이 찾을 때는 어느 정도 잠수하는 게 좋을지도 몰라."

이번을 예로 들자면, 마법진은 찾지 못해도 물에 잠긴 마을은 멀리서 찾기 쉽다. 수면은 이전 층에서 공중에 해당하므로 사리가 말한 것처럼 잠수해 보는 것도 중요하다.

"어차, 너무 오래 이야기하면 안 되니까 얼른 들어가자. 여기 틈새로 지나갈 수 있어."

"그렇게 들어가도 돼?!"

두 사람은 무너진 기둥 틈새를 지나 안쪽에 보이는 마법진을 향한다. 다행히 물속이어서 위아래로 편히 움직일 수 있으니까 메이플도 장해물을 넘기 어렵지 않았다.

"하나둘셋, 하고 들어가자!"

"좋아. 언제든지 시작해."

"알았어. 하나둘셋!"

마법진에 발을 올린 순간, 언제나 그렇듯 빛이 몸을 휘감고, 두 사람은 신전 내부로 전이했다.

빛이 잦아들고 주변 풍경이 보이기 시작하자 메이플은 주위 상황을 두리번두리번 살핀다.

두 사람이 있는 곳은 연한 파란색 돌을 중심으로 지어진 널찍한 공간이었다. 벽에는 여기저기에 다른 방으로 이어지는 통로로 보이는 구멍이 있고, 계단과 수로가 이리저리 뻗었다. 정답 루트를 찾으려면 고생할 것 같다.

두 사람은 일단 잠수복을 벗고 어디로 갈지 상의한다.

"어쩔까? 사리는 어디로 가면 되는지 알아?"

"그건 몰라. 군데군데 아는 곳도 있지만."

"그러면 하나씩 탐험해야겠네!"

"그래야 할 거야. 자, 어디로 갈까?"

통로는 여기저기 있어서 갈 수 있는 루트가 많다. 나아가 두 사람은 그것조차 무시하고 공중으로 이동할 수 있으니까 선택지는 무한대로 존재한다.

다만 이번에는 시럽이나 사리의 실 조작을 이용한 공중 이동은 하지 않기로 했다. 이번 던전은 딱 봐도 올바른 진로를 알기 어려워서, 괜히 질러갔다간 풀어야 할 기믹이 있을 때 지나치기 쉬워지기 때문이다. 그렇게 되면 결국 다시 돌아올 필요가 생기므로 처음부터 준비된 길을 따라서 가려는 것이다.

방침을 정한 두 사람은 먼저 곧게 뻗은 길을 걷는다.

"여기 몬스터는 강하댔지?"

"응. 기본 스테이터스가 높아서 빈틈이 없는 느낌인데……
어차, 말하자마자 나왔네."

두 사람이 가려는 통로 너머 바닥에서 푸른 마법진이 펼쳐지
고 물기둥이 발생한다. 그렇게 생긴 물기둥을 헤치고 무미건
조한 돌을 물로 결합한 골렘 2대가 모습을 드러낸다.

"신전의 파수병일까?"

"오오, 지키는 거구나."

"그러면 해보자. 【퀵체인지】."

사리가 배운 스킬을 발동하자 평소 눈에 익은 푸른 장비에서
회색 바탕에 군데군데 노란 폴리곤이 발생하는 새 유니크 시리
즈 장비로 바뀐다.

"방어는 맡겨줘! 이것저것 시험해도 괜찮아!"

메이플은 방패를 들면서 【헌신의 자애】를 발동하고, 만약을
대비해서 사리를 지원하는 태세를 갖춘다.

"좋아. 간다."

"뒤에서 쏘는 건 맡겨줘! 【전 무장 전개】!"

메이플이 병기를 전개하는 것을 확인한 사리는 단숨에 앞으
로 뛰쳐나간다. 그것에 반응한 골렘들도 거리를 좁히는가 싶
더니, 몸이 물로 이어진 특성을 활용해 두 팔을 채찍처럼 힘차

게 뻗었다.

"앗! 늘어나는데?!"

"괜찮아!"

사리를 압도적으로 능가하는 사거리. 그것도 두 대의 공격이다. 하지만 사리는 멈추지 않고 똑바로 나아간다. 첫 번째 팔은 몸을 숙여서 단검으로 쳐내고, 무기를 창으로 변형해 지면에 꽂아 지지대로 삼아 뛰어오르더니, 잽싸게 단검으로 돌려서 두 번째 팔을 피한다.

"오오!"

메이플이 뒤에서 환성을 지르는 가운데 착지하고, 한발 늦게 덮쳐드는 나머지 골렘의 팔에 대처한다.

"후우……!"

메이플의 방어도 있다. 뭐든 시험해 보자며 사리는 무기를 대검으로 바꾸고, 그대로 내리쳐서 골렘의 팔을 절단하더니, 방패로 바꿔 다음 팔을 흘리고 무기를 원래대로 돌려 앞으로 발을 내디딘다.

"하압!"

메이플의 지원 사격도 받으며, 팔과 팔 사이를 빠져나가 참격을 꽂는다.

지금껏 단검으로는 막을 수 없었던 공격도 크기가 큰 대검과 방패라면 안전하게 대처할 수 있다.

사리는 그대로 골렘의 뒤로 빠져나가 몸을 돌리고, 그 동작에 맞춰 대검을 수평으로 때린 다음에 백스텝을 밟아 거리를 벌린다.

단검과 비교해서 훨씬 긴 사거리는 지금껏 불가능했던 일타쌍격을 가능케 했다.

움츠러든 골렘 두 대를 메이플과 사리가 에워싼 결과, 한 대는 메이플을, 나머지 한 대는 사리를 공격하기 시작한다.

골렘의 중심이 파랗게 빛나는가 싶더니, 물이 레이저처럼 힘차게 뿜어져 나온다.

"앗?! 괘, 괜찮아! 안 통해!"

메이플은 사리의 움직임을 보는 바람에 반응하지 못하고 몸으로 받아야 했지만, 대미지는 없다. 오히려 복수하는 듯이 날아간 메이플의 레이저가 골렘을 불태운다. 반대편에 있는 사리도 메이플의【헌신의 자애】를 의지하지 않고 회피하는 데 성공하고, 잠시 벌어진 거리를 다시 좁히려고 든다.

"메이플! 왼손 전개해 줘!"

"알았어!【전개 : 왼손】!"

메이플이 스킬을 발동한 것을 본 사리는 물줄기를 피하며 공중으로【도약】하고 골렘의 머리 위를 점한 채로 왼손을 아래로 돌린다.

"【전개 : 왼손】."

사리가 그렇게 선언하자 목에 있는 초커 목걸이가 빛나고, 사리의 왼손에 메이플과 똑같은 거대한 검은 포신이 출현한다.

"【공격 대시】, 【허실반전】!"

사리의 말에 맞춰 충전하기 시작한 빨간 레이저는 아래에 있는 골렘 두 대를 집어삼키고 불사른다.

현실이 된 레이저는 사리도 잘 아는 위력으로 메이플의 탄막이 깎고 남은 HP를 송두리째 앗아간다. 옆에서 오랫동안 본 스킬인 만큼 대미지 계산도 완벽했다.

골렘이 형체도 남기지 않고 날아간 통로에 착지하자 역할을 다한 병기가 폴리곤이 되어서 사라진다.

그리하여 일이 잘 풀렸다고 안도의 한숨을 쉰 사리에게 메이플이 뛰어왔다.

"사리! 굉장해!"

"그렇지? 그래도 제대로 싸운 건 이번이 처음이지만."

"응! 무기를 휙휙 바꿔서 전부 잘 쓰니까."

"다른 게임에서 다른 무기를 쓰기도 하니까. 이 게임에서도 마이와 유이랑 같이 훈련했고."

사리는 가볍게 말하지만, 간단히 되는 일이 아니다. 실제로 메이플은 방패를 다루는 것이 아직 미숙한 부분이 있다. 하나로 좁혀도 잘 다루게 되려면 시간이 오래 걸리는 게 당연하다.

"대인전이 있을 때까지는 이 무기 변형을 숨기려고 해. 갑자기 길어지면 깜짝 놀라겠지?"

"응. 그럴 거야."

"그거랑 상관없이 연습은 해야겠어. 큰 무기는 동작이 커져서 빈틈도 커지니까."

무기 자체는 단검 취급이어서 그 약점을 커버하는 무기별 전용 스킬은 배울 수 없다. 잘 쓰지 못하면 단점이 유지된 채로 단검의 민첩함을 살린 스킬을 썩히게 되리라.

"마지막【허실반전】은 쿨타임이 꽤 기니까 다음에 시험해 보려면 시간이 더 필요하지만, 보다시피 사용한 스킬을 그때만 진짜로 만드는 느낌이야."

"응응. 근데 왼손만이면 됐어? 전부 써도 되는데?"

"나는 맷집이 약해서 반격당했을 때 움직이기 불편한 전 무장 전개는 위험할 것 같아. 몸을 틀어서 피하기 어려워지니까."

"그렇구나. 하긴 그러네."

떡하니 서서 탄막을 뿌리는 것도 메이플의 방어력이 있어서 가능한 것이다. 사리는 반격으로 마법 하나라도 몸에 닿은 시점에서 죽는다.

"그러면 다음부턴 일부만이라도 써 볼까?"

"그렇게 해주면 쓰기 편해. 누군가가 쓴 스킬만【홀로그램】으로 재현할 수 있으니까."

"오케이! 그러면 팍팍 가자!"

신전에는 아직 막 들어온 참이다. 두 사람은 안쪽을 향해 다시 걷기 시작했다.

메이플과 사리는 물이 흐르는 소리를 들으며 신전 내부를 나아간다. 전투는 메이플이 방어를 다지고, 사리가 접근전을 하는 포진이다. 유니크 시리즈를 통해서 스테이터스가 강화되었지만, 입수한 스킬의 사정상 몬스터에게 주는 대미지는 크게 달라지지 않았다.

　"사리는 굉장해. 진짜로 여러 무기를 잘 쓰잖아."

　"이것만큼은 숙달이 필요하니까……. 하지만 싸우는 방식은 사람마다 다를 거야. 잘하는 게 있으면 되지 않을까?"

　사리는 자기의 주특기가 뭔지 잘 알아서 지금과 같은 전투 스타일이 되었지만, 메이플도 그렇다고는 말할 수는 없다.

　다행히도 이 게임은 플레이어의 기량으로도, 강한 스킬로도 싸울 수 있다. 그렇다면 메이플은 강한 스킬로 싸우면 된다.

　"메이플은 나보다 강력한 스킬이 있고, 혼자서 여럿과 싸우는 것도 잘하니까. 장점을 살리자."

　"듣고 보니 그래."

　"메이플만 되는 것도 많아. 이미 알겠지만."

　"후후후, 방어력이 자랑이니까!"

　"응. 앞으로도 잘 키워 나가자."

　메이플의 전투를 받쳐주는 것은 어디까지나 방어력이다. 공방 어느 쪽도 폭발의 반동을 이용하는 사정상 방어력의 영향을 많이 받는다.

　일반적인 스테이터스를 찍은 사람은 흉내 낼 수 없는 전투 스타일이다.

"그러면 사리는 다음에도 많이 시험해! 골렘이라면 괜찮은 거 같으니까!"

"레이저도 안 통하니까……."

이야기하며 던전을 나아간다. 메이플이 옆에 있으면 갑작스러운 죽음을 피할 수 있어서 던전 안에서도 경계하지 않아도 되니까 좋다.

그렇게 메이플과 사리가 나타나는 골렘을 해치우면서 전진하는 중에 큰 물살이 통로를 가로막은 곳이 나왔다. 물살은 매우 넓어서 발을 디뎌서 휩쓸리면 아래로 곤두박질친다.

"어쩔래, 메이플? 어딘가 해제할 수 있는 장소가 있을 거야."

"그렇구나."

"응. 저 너머에 이어지는 통로가 보이니까, 이럴 때는 기믹이 있는 패턴이 많아."

근처에 뭐가 없는지 둘러보던 메이플은, 벽이 세 군데 튀어나온 것을 보고 슬쩍 만져 본다.

"아……! 눌리는 것 같아, 사리!"

"좋은걸. 그래서…… 어떻게 할까?"

어느 돌기를 만져도 눌리는 감각이 든다. 하지만 이걸 전부 눌러도 되는지를 생각하면, 아마도 아니겠지.

"어, 어디에 힌트가 있었어?"

"현재로선 그럴싸한 게 없는데……? 이만큼 넓고, 통로 중에서 하나만 걸었으니까 찾아보면 다른 통로에 있을지도 몰라."

"정말 그럴지도."

"보러 갈래?"

"응!"

"오케이. 그러면 조금 돌아가자."

"끝까지 보고 다니면 보물 상자가 있을지도 몰라!"

"그러네. 나도 그것까지는 조사하지 않았으니까…… 있으면 좋겠는걸."

꼼꼼한 탐색도 때로는 필요하다며, 두 사람은 왔던 길로 돌아간다.

"그러고 보니 사리가 옛날에 한 게임에서도 이렇게 왔던 길로 돌아갔지?"

"아, 정규 루트가 아닌 곳에도 보물 상자나 아이템이 있으니까, 올바른 루트를 알아내면 나중으로 미룰까."

지금 가는 길에서 아이템이 나오면 진행상 돌아가지 않아도 되지만, 탐색을 빼먹은 것이 있으면 신경이 쓰이는 법이다.

"물론 먼저 전부 조사하는 것도 좋지만 말이야."

그건 목적에 따라 다르다고 사리가 덧붙인다. 단순히 아이템을 원한다면 최단 루트로 조사해야 하고, 탐색 자체를 즐기고 싶다면 아무것도 모르는 게 좋다.

"메이플은 보통 아무것도 모르고 공략하지?"

"응. 아이템이나 이벤트를 조사한 건 6층 때⋯⋯일까?"

"아⋯⋯ 그때는⋯⋯."

사리가 없는 동안 사리에게 줄 아이템을 찾으려고 스스로 조사할 필요가 있었다. 그게 아니더라도 언제나 먼저 조사해 주는 사리가 없으면 메이플이 조사할 이유가 생긴다.

"여러모로 조사해 보는 것도 즐거워! 이런 이벤트도 있구나, 사리가 이런 걸 했구나 해서!"

"그러면 다행이고. 궁금한 게 있으면 조사해 보는 것도 좋아. 안 그러면 찾지 못하는 것도 있을 테니까."

"부유성은 진짜 못 찾았을 거야! 찾은 사람은 대단해⋯⋯."

"그런 점에선 메이플도 참 대단하다고 보는데⋯⋯."

그 몸에 깃든 이상한 스킬을 떠올리고 대체 몇 군데나 기묘한 곳에 간 거냐며 메이플을 가만히 본다.

"에헤헤, 어쩌다가 그런 거야."

"그만큼 즐겁게 플레이한다면⋯⋯ 응, 좋은 일이야."

적당히 이야기하며 걷자 메이플과 사리의 앞에 벽화 같은 것이 보이기 시작한다. 두 사람이 다가가자 아까 본 물살과 비슷한 그림과 도중에 본 골렘이 그려진 걸 알았다.

"이걸까?"

"아마도. 봐봐. 버튼 같은 데를 빨간색으로 강조했어."

벽화는 장면 그림으로 나뉘는데, 적절한 순서로 돌기를 눌러 물이 멈추는 장면에서 끝났다.

"그러면 이 순서로 누르면 될까?"

"아마도. 그렇게 해 보자."

"오케이!"

새로운 정보를 구한 두 사람은 다시 한번 아까 그 장소로 돌아가 본 순서대로 돌기를 누른다. 그러자 커다란 소리가 나고 눈앞에서 물이 멈추더니 안쪽으로 들어갈 수 있게 된다. 이제는 물이 나오던 커다란 구멍만 남았다.

"오오! 진짜 멈췄어, 사리!"

"응. 정답이었나 봐."

"이 구멍 안에도 뭔가 있을까?"

"어? 음…… 들어가지려나?"

사리가 물어보자 메이플이 구멍에 발을 내디딘다.

"웅! 들어갈 수 있어!"

"그래? 그러면 가 봐도 되겠는걸."

하긴 그런 데로 가면 뭔가 나오는 것도 흔한 일이라며, 사리는 메이플을 뒤따라간다.

"이런 데는 뭔가 있지 않을까?"

"응. 전형적……인 정도는 아니지만. 그럴 때도 있어."

메이플은 뭔가 있을지도 모른다며 앞으로 있을 보물을 예감하고 눈을 빛낸다. 그렇게 한동안 이동하자 땅이 울리는 듯한 소리가 들려온다.

"앗, 모, 몬스터?!"

"아니야……! 이건……!"

여기는 원래부터 몬스터의 소굴이 아니고, 물이 지나는 길이다. 그렇다면 굉음의 정체는 뻔하다.

"무, 물?!"

"잠깐만 멈췄던 거야!【얼음기둥】,【오른손 : 실】,【초가속】!"

사리는 잽싸게 물을 틀어막고자 얼음기둥을 만들어 구멍을 막고, 메이플에게 실을 연결해서 긴급 피난을 시작한다.

빠르게 내달리는 뒤에서 먼저 설치한 얼음기둥이 터지는 것을 보고, 사리는 눈을 크게 뜬다.

"메이플【포학】을 준비해! 물 대미지를 예상할 수 없어!"

"아, 알았어!"

【불굴의 수호자】와 중첩해서 최악의 경우 직격해도 어떻게든 되도록 준비를 마치고 출구를 향해 달리지만, 질질 끌려가는 메이플의 피난까지는 아슬아슬하게 안 될 것 같다고 사리는 이해한다.

"메이플!"

"【포학】!【불괴의 방패】!"

그 소리만 듣고 뭘 원하는지 이해한 메이플은 즉각【포학】을 발동한다. 사리가 출구에서 뛰쳐나간 직후에 물이 무시무시한 기세로 메이플을 날리고, 두 사람은 통로를 뛰어넘어 날아간다.

관통 공격이 아니라 지형 대미지에 해당하는 그것은 대미지 경감 효과를 받으면서도 메이플의 외피를 팍팍 깎아낸다. 【헌신의 자애】로 대신 받는 사리의 대미지까지 합쳐서 외피를 날려 버리고, 두 사람은 그대로 나란히 폭포 밑바닥으로 떨어지게 되었다.

　거친 소리를 내는 폭포 근처에서 두 사람이 덩달아 수면에 얼굴을 내민다.

　"휴, 위험했어……. 그래도 어떻게든 됐네."

　"으으…… 미안해, 사리, 이럴 줄은 몰랐어."

　"그런 일도 있는 법이야. 게다가 이렇게 무사하니까."

　원래대로 돌아간 물살도 이번에는 건너뛰어도 된다. 한 번은 정상적인 루트로 공략했으니까, 앞으로 있을 즐거움을 잃을 수는 없다.

　"가 보고 싶은 데가 있으면 가도 돼. 어디든 같이 갈 거야. 게다가 위험해지면 책임지고 보호하게 할 거니까."

　그렇게 말하고 재미있게 웃는 사리를 보자 메이플도 표정이 풀어진다.

　"응!"

　이제 다시 출발하자고 하려는 차에, 메이플은 문득 이상한 느낌이 들었다.

　"응……?"

　"무슨 일 있어?"

"바, 방패! 방패가 없어! 날아갔나 봐!"

"어? 물속에?"

"으, 응! 아마도!"

그렇게 말하고 메이플은 물에 얼굴을 대고 허둥지둥 바닥을 확인하지만, 사리는 냉정하게 해결책을 제시한다.

"장비 해제나 이벤트로 벗겨진 게 아니라 떨어뜨린 거라면 인벤토리 조작으로 돌아올 거야."

"앗! 그, 그렇구나! 사리. 똑똑해!"

그러고 보니 그런 방법이 있었다며 메이플이 인벤토리를 조작하자 무사히 칠흑의 방패가 손으로 돌아온다.

"잘됐나 보네."

"응. 다행이야……. 가장 깊은 곳에서 빛나서 어떻게 잠수할지 고민했어."

"빛났다고……? 응?"

사리는 그 말이 조금 이상했는지 메이플이 그랬던 것처럼 물에 얼굴을 대고 물속을 확인한다. 그렇다. 과연 검은 방패가 물속 깊은 곳에서 빛날까 하고.

"사리?"

"메이플, 지금도 빛나."

"응……?"

"이 아래에…… 아마도 뭔가 있어."

"어어?!"

"전화위복인 거네. 어때? 가 볼래?"

"응응! 갈래갈래!"

"오케이. 그러면 바로 잠수복을 입어."

"네ー!"

뜻밖의 발견에 두 사람은 앞으로 뭐가 기다릴지를 기대하며 잠수하기 시작했다.

폭포 바닥은 아래로 깊어져서, 수면에서 봤을 때는 몰랐지만 물속에 들어가 보니 확실히 뭔가 빛나는 것을 알 수 있다.

"똑바로 내려갈게."

"응."

메이플은 여전히 【헌신의 자애】를 발동 중이므로 안전 확보에는 문제가 없다. 사리는 그런 메이플이 뒤처지지 않게끔 손을 잡고서 바닥으로 헤엄친다.

딱히 몬스터가 있는 것도 아니어서 무사히 깊은 곳으로 잠수한 두 사람이 발견한 것은 네 방향으로 이어지는 거대한 구멍과 은은하게 빛나는 진주색 큰 비늘이었다.

"빛난 게 이걸까?"

"위치로 봐서는 그럴 거야. 그럴싸한 정보는 들은 적이 없으니까 여기는 아직 발견되지 않은 걸지도 몰라."

수중 신전의 중반에 있는 폭포 밑바닥. 메이플과 사리처럼 날려 가고도 사는 패턴은 기본적으로 없으며, 안전하게 여기에 도달하려면 기믹을 해제해서 눈앞에 있는 통로가 열린 타이밍에 일부러 폭포 아래로 뛰어내릴 필요가 있다.

　여기 올 수 있는 플레이어도 많지 않으므로 아직 발견되지 않은 장소일 가능성은 부정할 수 없다.

　"이쪽은 일반적인 루트가 아니지?"

　"그럴 거야. 수중 신전이지만 던전 안에서는 잠수복이 필요 없다고 들었으니까."

　"안을 보러 가자!"

　"응. 숨이 안 차는 데까지. 앞으로 어떻게 될지 모르니까."

　주위를 에워싼 커다란 구멍에는 이렇다 할 차이점이 없어서 두 사람은 좌우지간 하나를 골라서 들어가 본다.

　"아까 비늘, 컸지?"

　"더 가면 꽤 큰 무언가가 있을지도 몰라. 히든 보스가…… 어슬렁거려도 이상하지 않아."

　입구에 비늘이 있었으니까 제2회 이벤트 때의 달팽이처럼 이 넓은 공간을 헤엄치는 무언가가 있어도 이상하지 않다.

　"신중하게, 그러면서 서둘러 가야지!"

　"메이플은 한계가 일찍 찾아오니까 말이야. 주위는 내가 경계할게."

　사리가 조금 앞장서서 무언가가 헤엄치고 있거나 하지 않은지를 확인하고, 메이플은 지금껏 그랬던 것처럼【헌신의 자애]만 전개해서 최대한 경계한다.

그렇게 한동안 나아가자 원래는 수중 신전 같은 것이 있었는지, 이미 망가지고 부서진 건물 잔해가 굴러다니는 게 눈에 들어온다.

"여기가 진짜 수중 신전일지도 몰라."

"정말 물속에 있으니까!"

"응. 그래도 이미 부서진 것 같지만."

건물은 물의 침식으로 자연스럽게 풍화되어 부서진 게 아니라 커다란 무언가가 억지로 통로를 지나 헤집었다고 보는 게 올바른 느낌으로 부서졌다.

"주위 벽도 단단해 보이니까, 힘이 엄청나게 센 걸까?"

"마이와 유이만큼은 아니면 좋겠는데."

아직 모습이 보이지 않는 무언가는 복잡한 수중 신전 내부를 마구잡이로 헤엄친 듯 잔해가 굴러다니는 통로가 좌우로 한없이 이어지고 있다.

"음…… 어디로 가는 게 정답일까?"

"꽤 넓으니까 눈에 띄는 게 있을 건데…… 예상이 맞았어!"

조금 앞서던 사리는 헤엄치는 것을 그만두고 메이플을 부른다. 그렇게 손짓한 곳에는 입구에 있었던 것과 똑같이 은은하게 빛나는 하얀 비늘이 있었다.

"오오! 저기가 맞을 것 같아!"

"여기를 지나갔다는 뜻이니까. 더 깊숙이 찾아보자."

"응! 몬스터도 나오지 않는 것 같으니까."

메이플의 말대로 아까 본 골렘은 물론, 물고기 몬스터도 전혀 눈에 띄지 않는다.

빛나는 비늘을 알아보기 쉽게 하려는 건지 조금 어두운 물속에는 잔해만이 굴러다니며, 움직이는 것이 아무것도 없는 그 모습은 조금 으스스할 정도다.

"탐색에 집중할 수 있으니까 좋지만…… 딱히 이렇다 할 건 아무것도 없으니까 말이지."

특수한 것은 비늘뿐이다. 그것도 두 사람의 키만큼 크고 이 어두운 곳에서 빛난다면 놓칠 일도 없다.

"메이플, 바닥에는 뭔가 있어?"

"아무것도 없어! 잠수복 부품도 없어."

"아무튼 나아갈 수밖에 없나……. 뭔가 있으면 알아보기 쉽게 통로 분위기가 달라질 테니까. 남은 공기도 조심하자."

"응!"

앞으로 물 위로 나가는 장소가 있을지 어떨지 모른다. 그리고 가는 길에 장해물 요소가 없다면 그만큼 가장 깊숙한 곳에 있는 것이 강해도 이상하지 않다.

메이플의 승리 패턴의 하나인 지구력도 이 환경에서는 어려우므로, 사리가 말한 것처럼 되도록 서두를 필요가 있다.

"자잘한 곳은 내가 대충 체크할게. 제법 왔으니까 이상하면 금방 눈치챌 거야."

"사리, 대단해!"

여기에 들어왔을 때처럼 생각지도 못한 곳에 숨겨진 입구가 있을지도 모른다.

두 사람은 그러한 것에도 주의하면서 가장 깊숙한 곳에 있을 무언가를 향해 이동한다.

딱히 규칙성이 있는 것도 아니고, 갑자기 벽이나 지면에 박힌 형태로 남은 비늘을 따라서 이동하는 사이에 조금 어두운 물속은 조금씩 더 어두워지고, 시야가 나빠진다.

조금 전부터 두 사람은 헤드라이트를 켰고, 먼저 말했다시피 자잘한 탐색은 사리가 중심으로 하고 있다.

"아! 또 비늘이 있어!"

"어두워져도 저건 눈에 잘 띄니까. 하나도 안 보일 정도는 아니지만, 뭔가 있을지도 모른다고 생각해서 평소보다 신경을 쓰고 말이야."

앞장서던 메이플을 슥 쫓아간 사리가 이전처럼 비늘에 뭔가 특별한 힌트가 없는지 확인할 때, 갑자기 지면을 뭔가 질질 끄는 듯한 진동을 느꼈다.

"조금 흔들렸지……?"

"응. 기분 탓이 아니야."

아래에서 뭔가 움직인 기척. 목적지는 머지않은 것 같다.

"주위도 잘 안 보이니까 조심해. 위험할 것 같으면【헌신의 자애】를 풀어도 돼.”

“알았어! 사리도 뭔가 있으면 언제든지 말해!”

“물론. 의지할게.”

적의 기척을 더욱 경계하며 나아가는 두 사람은 주위가 잘 보이지 않는 상황에서도 터널처럼 된 통로가 끝나고 널찍한 공간에 나온 것을 이해했다.

“와…… 어둡네.”

“하지만, 뭔가 있어.”

“어?!”

사리가 보는 곳을 따라서 메이플도 아래를 본다. 그것에 호응했는지 어두운 물속 바닥에서 크고 검은 그림자가 땅을 울리면서 움직인 것을 메이플도 알았다.

어떻게 될지 대비하는 두 사람 앞에서 물속 바닥이 드문드문 희미하게 빛나기 시작하고, 그 빛이 서서히 그림자였던 것을 드러낸다.

빛을 내기 시작한 것은 오는 길에 있었던 것과 똑같이 비늘. 하지만 떨어진 것이 아닌 빛의 집합체가 물속 바닥에서 천천히 움직인다.

온몸이 은은하게 빛나는 비늘로 뒤덮인 그것은 물고기와 용이 섞인 듯한 몸은 수십 미터는 될 정도로 컸다. 팔다리는 작게 퇴화해서 지느러미에 가까워졌고, 촉수나 수염처럼 보이는 것이 여러 개 꿈틀대고 있다. 빛나는 몸이 어둠을 밝히는 가운데,

물속 바닥의 모래를 일으키며 그것이 몸을 일으켰다.

"커다래!"

"뭘 할지 몰라. 조심해!"

두 사람이 전투태세를 갖춘 그때, 물살과 함께 보스로 추정되는 몬스터가 단번에 상승한다. 그 커다란 몸뚱이에 어울리지 않는 속도를 본 사리가 물을 박차고 단숨에 가속한다.

"【초가속】!"

"커, 【커버 무브】!"

가속한 사리를 억지로 따라가 직격은 면했지만, 보스가 이동하면서 일으킨 물살은 두 사람을 그대로 밀어낸다.

보스와 두 사람의 위치가 뒤바뀌는 가운데, 커다란 꼬리지느러미가 움직여 메이플과 사리를 향하는 것이 보였다.

"생각보다 빨라! 메이플, 피할 수 있어?"

"지금 느낌으론 힘들지도……."

메이플의 이동 속도를 생각하면 헤엄쳐서 피할 수 없다. 사리가 곁에 없으면 계속해서 회피할 수 없다.

"한번 받아볼게! 아까도 돌진은 관통 공격이 아니었으니까."

"오케이. 그러면 갈라지자. 우선 메이플이 붙잡고, 그 사이 나는 주위를 돌면서 공격할게."

"응!"

돌진이 관통 공격일 때는 두 사람의 역할이 뒤바뀐다. 다시 돌진하는 것을 확인하고, 사리는 메이플과 멀어져서 휘말리지 않게 한 다음 확실하게 사각으로 파고든다.

"【도발】!"

메이플은 똑바로 돌진하는 보스를 방패로 막는다. 하지만 여기는 물속이고, 지상과는 사정이 다르다.

"어어어?!"

【악식】은 머리를 그대로 물어서 대미지를 많이 주지만, 돌진은 멈추지 않고 지지대가 없는 물속에서 메이플을 날려 버린다.

메이플은 물 밑바닥에 부딪히고, 착지점에는 모래가 피어오른다.

"지금은, 할 수 있는 일을 해야지. 【물 두르기】!"

사리는 메이플이 어떻게 됐을지 걱정되지만, 【불굴의 수호자】도 남았다면 죽었을 리가 없다. 그렇다면 메이플이 만들어준 빈틈을 이용해야 한다. 사리는 파란 장비로 단검 두 자루를 쥐고는 보스의 긴 등을 따라가듯이 헤엄치는 기세로 벤다. 한 대 칠 때마다 추가 대미지가 생기는 것도 있어서 스테이터스가 다소 떨어지더라도 이 장비의 대미지가 더 잘 뜬다.

"이만큼 크면 자잘하게 움직이기 어렵겠지."

보스는 몸을 회전해 사리를 뿌리치려고 하지만, 적절하게 거리를 두고 몸 주위를 헤엄치는 사리를 잘 공격하지 못했다.

"전 무장 전개】! 【공격 개시】!"

그런 보스에게 모래를 일으키며 지면에서 탄환과 레이저가 날아온다.

"사리! 나 괜찮아!"

자랑하는 방어력은 이 덩치의 돌진도 무사히 막은 듯, 총을 쏘는 소리에 섞여서 메이플의 목소리가 들려온다.

"응! 안심했어! 이러면 공격에 집중할 수 있어."

보스의 몸통 공격은 그 거대함 때문에 피하기 어렵고, 전체를 단숨에 공격할 수 있으므로 일반적인 파티를 상대로 심각한 피해를 노릴 수 있다. 하지만 정면에서 막히면 어쩔 도리가 없다.

사리라면 돌진을 회피할 수 있다. 메이플이라면 돌진을 막을 수 있다.

돌진, 꼬리지느러미 휘두르기, 끊임없는 이동 공격, 이 모두가 피해를 주지 못한다. 정공법과 패턴이 뻔한 움직임으로는 두 사람을 무너뜨릴 수 없는 것이다.

그래서 높게 설정된 스테이터스는 메이플에게 미치지 못하고, 사리에게는 맞지 않아서 의미가 없다.

수중에 잠든 거대한 몸뚱이는 그 위압감에 걸맞은 피해를 내지 못하고 HP가 야금야금 깎인다.

"【흘러나오는 혼돈】!"

몇 번째인지 모르는 돌진에서 아가리를 쩍 벌리고 다가오는 보스. 여기에 소환된 괴물이 정면에서 세게 부딪힌다. 그러자 HP가 크게 깎이고 돌진이 정지한다.

"계속 쏠게!"

메이플이 계속해서 사격하는 가운데, 사리 역시 기회라는 것처럼 공격한다. 그러나 보스는 반격하지도 않고 두 사람을 뿌리치더니 사리도 쫓아갈 수 없는 속도로 단숨에 상승했다.

"어? 가 버렸어."

"아니, 도망친 게 아니야!"

상승한 보스는 거꾸로 서서 얼굴을 두 사람 쪽으로 돌리더니, 여러 개의 수염을 흐늘흐늘 구부려서 얼굴 앞으로 가져온다.

두 사람이 다가올 수 없는 거리에서, 꼬리지느러미에서 시작해 비늘에 띤 빛이 사라지고 어두운 물속에 녹아든다.

그렇게 사라진 빛은 어디론가 사라진 것이 아니라, 동시에 수염 끝에 빛이 모여 커진다.

이쯤 되면 어느 정도 비슷한 것을 본 적이 있는 메이플도 무슨 일이 일어나려고 하는지 예측할 수 있다.

"쏘는 거야?!"

"쏠 거야! 대비해!"

"【헤비 보디】! 【피어스 가드】!"

스킬을 발동하고 방패를 정면으로 가져가는 메이플. 그렇게 방어 자세를 잡았을 때, 위에서 빛의 기둥이 내려온다.

"괜찮아! 뒤에 있어!"

"응. 맡길게!"

사리가 뒤에 숨었을 때 빛이 두 사람을 감싼다. 한순간 아무것도 보이지 않게 되는 빛. 그것은 메이플의 방패에 먹히고, 그러면서도 전부 삼켜지기 전에 터져서 사방으로 퍼진다.

"어라?"

확산한 빛이 퍼진 곳으로 눈길을 준 메이플이 본 것은 바닥과 벽에 박힌 까만 비늘이 빛을 흡수하고 환해지기 시작한 모습이었다.

"조금…… 불길한 예감이."

사리의 직감이 옳았다. 본체의 광선은 멎었지만, 대량의 비늘이 제각기 발사 장치와 반사 장치가 되어서 작은 광선이 마구잡이로 날아다니기 시작한 것이다.

"사리."

"응. 지금처럼 하면 돼. 나도 피하려고는 하겠지만."

【헌신의 자애】를 확인했을 때, 날뛰는 광선이 마침내 두 사람이 무시하지 못할 만큼 늘어난다.

보스는 여전히 빛을 잃고 비늘이 까맣다. 에너지를 쌓기 전에는 다시 레이저를 쏘지 않으리라.

"돌진만 조심해! 날아가니까!"

"오케이. 공격하러 갈게!"

메이플은 벽을 등지고 정면에서 돌진을 맞아도 부딪히기만 하는 위치를 잡아서 【헌신의 자애】 범위가 움직이지 않게 안정시킨다. 그렇게 함으로써 사리도 안전지대에서 공격하기 쉬워지는 것이다. 대미지를 안 받는 메이플이기에 잡을 수 있는 위치다.

사리는 단숨에 부상해서 보스와 거리를 좁히지만, 당연히 비늘과 비늘에 반사되는 광선이 사방에서 덮쳐든다.

"연습이 되겠는걸. 이 정도는…… 피할 줄 알아야지!"

물속이라서 지상과는 사정이 다르지만, 사리에게는 아무래도 좋은 듯 급정거와 급가속을 이용해 틈새를 누비며 보스에게 접근한다.

탄막을 치는 듯한 공격을 회피하는 것은 사리에게 필수다. 원래대로 하면 상성이 나쁜 상대와 정면에서 싸우기 위함이며, 그게 안 되면 같은 무대에 설 수가 없기 때문이다.

"【트리플 슬래시】!"

어두움 물속을 가르고, 참격과 대미지 이펙트가 뜬다.

빛을 잃은 보스는 어둠에 숨어 거리감을 잡기 어렵지만, 사리는 여전히 몇 센티미터 단위의 정확한 움직임을 보였다.

"더 여유가 생겨야 해……!"

주위 광선을 피하면서 보스가 몸을 틀어 날려 버리려는 것을 적절하게 멀어져 버티는데도, 사리는 그보다 더 높은 수준을 원했다.

다만 사리가 어떻게든 생각하든 보스가 공격을 맞힐 수 있는지는 다른 문제다.

더 발전할 여지가 있더라도, 설령 완벽하지 않더라도, 현시점에서 사리에게 닿지도 않는다는 것이 전부다.

"메이플! 갔어!"

"맡겨줘! 【심해의 부름】!"

잠수복 안에서 부풀어 오르듯 어두운 물속보다도 훨씬 까만 안개가 흘러나오고 메이플의 왼팔이 촉수로 변형한다.

방패를 들지 않아도 대미지를 안 받는다면 기다리다가 모든 것을 삼키는 팔로 물어뜯을 뿐이다.

다섯 개의 촉수를 쩍 벌려서 돌진하는 보스의 머리를 쥐어뜯는다. 힘하고는 관계없이 닿는 것을 집어삼키는 특성으로 촉수가 보스의 머리에 쑥 파고들자 다섯 개의 커다란 대미지 이펙트가 터진다.

"어?! 머, 멈추지 않아!"

메이플에게 머리를 뜯기고도 돌진을 멈추지 않고, 보스는 벽에 밀착한 메이플을 뭉개듯이 몸을 밀어붙인다.

그것으로 메이플이 전개 중이던 병기가 산산이 부서지지만, 메이플은 오히려 다가온 만큼 다른 공격이 가능하다며 짓눌리면서도 스킬을 발동한다.

"【포식자】! 【흘러나오는 혼돈】!"

괴물 세 마리가 몸을 물어뜯어 촉수와 함께 대미지를 주자 HP가 많이 깎인 보스는 비틀비틀 물러난다.

"독……은 안 되니까, 【포신 전개】!"

물속에서는 자신을 제외한 모든 것을 무차별로 휩쓰니까 독을 쓸 수 없다. 메이플이 등에서 포신을 여러 개 전개하고, 일제히 불을 뿜어서 도망치는 보스를 추격한다.

"사리! 갔어!"

"괜찮아!"

메이플은 안 되겠다며 보스가 사리로 표적을 변경하지만, 이쪽도 안 되는 것은 이미 다 아는 사실이다. 메이플을 공격하는 동안에도 마구 날아다니는 대량의 광선은 사리에게 명중하지 않았다.

사리도 메이플도, 그 방어 능력에는 명확한 지속 시간이 없다. 한쪽은 본인의 실력이고, 한쪽은 항시 발동하는 스킬이다. 맞지 않는다면, 통하지 않는다면, 그 관계는 시간이 아무리 지나도 달라지지 않는다.

"【사이클론 커터】, 【퀸터플 슬래시】!"

특수 스킬이나 필살기도 아닌, 기본 스킬에서 파생된 공격. 그래도 확실하게 보스의 HP를 줄인다. 일방적으로 대미지를 준다면 더 좋은 건 없어도 상관없다.

게다가 만약 필요하다면 지금의 사리는 아주 잠깐이나마 메이플의 힘을 빌릴 수도 있다.

"【퀵체인지】! 【포신 전개】!"

사리의 등에 노란색 폴리곤이 모이고 포신이 몇 개 출현하더니, 메이플과 똑같이 불을 뿜었다.

"【허실반전】."

가까운 거리에서 날린 공격은 보스를 뚫고 반대편으로 빠져나가더니, 대미지 이펙트에 섞여서 등에 있는 무장과 함께 노란색 빛이 되어 사라진다.

"연사할 수 없으면 강점을 발휘할 수 없나……. 아, 메이플. 다음은 맡길게!"

"응!"

대량의 광선이 접근하는 것을 본 사리는 무기를 방패로 바꿔 몸을 지키며 보스에게서 멀어진다.

그러자 물 밑바닥에서 폭발이 일어나고, 사리와 교대하듯이 광선의 비를 튕기면서 메이플이 총알처럼 날아간다.

메이플은 그대로 보스의 얼굴에 딱 달라붙더니, 사리보다도 훨씬 가까이에서 포구를 보스에게 들이대고 레이저를 쏜다.

"어때!"

빨간 광선이 보스를 꿰뚫고, 마지막으로 한층 강하게 보스의 몸이 빛나 주변을 밝히더니, 그대로 적을 해치우면 생기는 빛이 퍼지며 거대한 몸뚱이가 터졌다.

"휴…… 수고했어."

"잘했어, 사리! 아휴, 【헌신의 자애】 안에서 싸워도 되는데."

"그렇긴 하지만. 회피는 항상 해야 감이 안 무뎌지고, 게다가 거리를 꽤 두는 타입이었으니까 말이야."

수중 활동 시간에 제한이 있어서 일찍 해치울수록 좋다.

"다들 빠르니까 물속이면 따라잡기 어려워."

"정말 위험할 때는 뛰어들게."

"응! 준비하고 기다릴게."

"고마워. 그나저나 뭐가 있을까? 비늘은 엄청 빛나던데."

보스가 죽으면서 발생한 빛을 받고, 남겨진 비늘이 예쁘게 하얀색으로 빛나고 있다. 그래서 어두웠던 물속도 시야가 많이 좋아졌다.

메이플과 사리가 주변을 두리번두리번 살피고 챙길 것이 없는지를 찾아보다가 조금 다른 형태로 쌓인 하얀 비늘을 발견했다.

"이건 가져갈 수 있는 거 아닐까?"

"진짜네! 굉장해! 엄청 커."

"보스 크기가 그랬으니까."

"예전에도 이만큼 컸으면 방패를 더 일찍 만들었을 텐데."

"아, 예전에 물고기 비늘을 모은 거? 메이플은 낚시가 잘되지 않았던 것 같지만."

"잠수할 수 없으니까 낚시할 수밖에 없었는데…… 이번엔 이것 덕분에 사리를 따라갈 수 있었어!"

메이플은 그렇게 말하고 단단히 입은 잠수복을 가리켰다.

"후후. 잠수복님이 참 고맙네. 메이플이 물속에 오게 될 줄은 몰랐으니까. 필요하다면 이건 네가 써. 이즈 씨한테 주면 하얀 장비를 강화할 수 있을지도 몰라."

"그래도 돼?"

"나는 새로운 장비를 이미 구했으니까."

사리의 장비는 유니크 시리즈밖에 없어서 강화와는 인연이 멀다. 그렇다면 괜찮겠다며 메이플은 떨어진 비늘을 인벤토리에 수납한다. 그렇게 빛나는 비늘을 치우자 아래에 뭔가 다른 물체가 빛나는 것을 알아챘다.

"뭔가 있어?"

"그런가 보네. 전부 치우고 확인해 보자."

두 사람이 모든 비늘을 인벤토리에 넣자 빛나던 물체의 정체가 드러난다.

그것은 빛의 덩어리였다. 딱히 실체가 있는 것도 아니어서 손이 닿지 않고 통과하지만, 아무래도 아이템인 듯, 인벤토리에 넣을 수 있는 듯하다.

"이게 뭘까?"

"레어 아이템일까? 하나밖에 없는 것 같고……."

"그런가 봐! 그러면 사리가 가져!"

"어? 내가? 나는 됐어. 메이플이 가져."

"음…… 나만 가지면 미안해. 비늘도 받았는걸."

이것도 메이플이 가지면 사리가 이번 전투에서 얻은 것은 약간의 경험치뿐이다. 그래서는 합당하지 않다는 이야기다.

"정말로 나는 아무것도 안 가져도 되는데. 음…… 그러면 어떤 아이템인지 먼저 확인해 보자. 만약 장비 아이템이면 생각해 볼게."

"알았어! 그러면 확인해 볼게."

메이플은 빛의 덩어리를 인벤토리에 넣고 무엇인지를 확인한다.

"어……『하늘의 빛』이래. 여긴 물속인데 이상해."

"그래……? 설명문은 어때?"

"어디…… 옛날에 하늘에서 빛이 어쩌고 하는데. 볼래?"

"응."

사리도 그것을 보자 성능과 관계없는 설정이 조금 적혀 있을 뿐, 장비 아이템이거나 바로 이어지는 퀘스트와 관계가 있거나 하지는 않은 듯하다.

"메이플, 예전에도 들었는데 이상한 아이템이 더 있지?"

"어…… 아, 로스트 레거시 말이야?"

"그래. 어쨌든 언젠가는 쓸 데가 있을지도 몰라. 히든 보스를 잡고, 게다가 레어 아이템인 거 같으니까."

"흠흠. 그렇구나."

"8층에 뭔가 있을지도 몰라. 다음에는 그걸 찾아보는 것도 좋겠어."

"응응."

"자, 귀환 마법진도 생겼으니까 이제 돌아가야지? 너무 여기 있으면 익사할 거야."

"앗! 그, 그렇지! 빨리 가자!"

사리를 뒤따라서 메이플은 마법진에 올라가 수중 신전에서 탈출한다.

그렇게 수면으로 부상하는 도중, 메이플은 뭔가 잊은 기분이 들어서 고개를 살짝 기울였다.

"앗!! 아까 레어 아이템! 사리!"

"아, 들켰어? 뭐, 그래도 가지고 있어."

"아이참⋯⋯."

그대로 자기 인벤토리에 들어간 『하늘의 빛』을 보고, 완전히 속았다며 메이플은 볼을 조금 부풀렸다.

"미안미안. 그렇다면 그걸 쓰는 곳을 같이 찾아볼래? 말은 그렇게 해도 메이플처럼 감이 좋거나 운이 좋지는 않으니까 도움이 안 될지도 몰라."

"그렇지 않아! 그건 좋지만⋯⋯ 그래도 역시."

사리한테 도움만 받는 거라고 말하려던 때, 사리는 조금 차분한 투로 자신의 메리트를 설명하기 시작했다.

"왜 있잖아. 메이플은 이런저런 스킬을 잘 찾지?"

"응! 어쩌다가 그런 거지만."

"그러니까 그런 곳에 같이 가면 스킬을 찾는 힌트가 될지도 몰라서. 그건 정말 큰 건데? 이 게임은 강한 스킬이 많으니까. 그리고 내가 스킬을 구해도 메이플은 못 쓰지만, 지금이라면 반대로는 가능하니까."

지금의 사리는 【홀로그램】과 【허실반전】이 있다. 그래서 자신보다 메이플이 스킬을 입수하는 것이 종합적인 전력 향상이 되는 셈이다. 수중 신전에서도 유용하게 썼으니까 메이플도 사리가 하는 말을 이해할 수 있다.

"하긴…… 그런 것 같아. 으으, 말로 잘 얼버무린 것 같아."

"아하하. 그래? 진짜로 신경 안 써도 돼. 나는 이걸로 됐고…… 만족하니까. 그래도 자꾸 신경이 쓰인다면 다음에는 내가 가질까?"

"응! 그렇게 해!"

"알았어. 그렇게 할게요."

이제는 두 아이템을 어떻게 쓸지를 알아보자며, 메이플과 사리는 일단 길드 홈으로 돌아갔다.

다른 날을 잡고, 메이플과 사리는 길드 홈에서 이야기하고 있었다. 두 아이템을 어떻게 쓸지 알아본다고 해도 지금은 이 아이템에서 힌트를 더 찾을 수 없다.

책상 위에 두 아이템을 내놓고 어떻게 할지 생각할 때, 오늘도 탐색에 나섰던 길드 멤버가 때마침 돌아왔다.

"오, 너희도 왔구나. 음? 그건 뭐야?"

두 사람이 책상 위에 내놓은 것을 본 크롬이 먼저 반응한다.

"메이플이 찾은 아이템인데, 어디서 어떻게 쓰는 물건일까 싶어서요."

"메이플이 찾은 물건이라면…… 도무지 짐작할 수 없다는 뜻이야?"

"그래요! 저는 마음 편하게 잠수할 수 없으니까 오랫동안 탐색하기도 어렵고…… 아직 못 찾았어요."

"아이템의 이름은 뭐니?"

"어, 이 상자가 『로스트 레거시』고 빛나는 게 『하늘의 빛』이에요."

"참 거창한 이름인데……. 쓸 데가 있다면 이벤트 아닐까?"

"언니, 아는 거 있어?"

"우웅…… 그렇게 대단한 걸 쓰는 장소는 못 봤을지도."

"그렇다면 이름이 유일한 힌트인 거네. 내가 본 석판에 몇 가지 암시하는 게 있으니까 그중 하나가 해당할지도 몰라."

"진짜?!"

"카나데가 본 창작 문자라……. 확실히 이런 아이템이 있는 걸 알고 보면 힌트가 될지도 모르겠군."

"응. 하지만 너무 기대하진 마. 게다가 아마도 그건 잠수복을 최종 단계로 강화해야 갈 수 있는 깊은 곳일 테니까."

【단풍나무】도 강화 부품을 모으고 있지만, 아직 시간이 조금 더 걸릴 것이다.

"응. 알았어. 그리고 힌트가 될 것을 이야기해 봐."

"오케이. 그 빛나는 거 말인데. 하늘의 빛이라고 하지만, 물에 잠기기 전에는 더 낮은 장소가 하늘이었을 거야."

"아, 그래서 물속에서 찾은 거구나?"

"그럴지도 몰라. 그렇다면 옛날에 하늘이었을 곳이……."

"눈치가 빠른걸. 그리고 로스트 레거시는 이 층에서 가끔 보이는 기계와 관계가 있을 것 같아."

"그럴지도 모르겠군. 3층 정도는 아니지만 여기도 물속에 잠긴 게 많으니까."

크롬이 말했듯이, 사리가 공략한 던전의 모니터나 빛의 탄환 발사 장치 등도 그런 부류에 해당하리라. 그것 말고도 이제는 쓸모가 없어진 망가진 기계가 바위나 건물에 걸린 것도 곳곳에서 보인다.

"그러네. 만들 수 있는 아이템도 늘어나서 기쁘거든."

"흠흠. 그렇다면 기계가 많은 곳……이구나!"

"어디가 그랬더라……. 역시 잠수복의 강화가 필요할지도 몰라."

"석판에서 말하기론 옛날 문명이라고 하니까, 꽤 깊은 곳일지도."

"만약 그것이 잃어버린 유산(로스트 레거시)이라면, 아이템의 이름하고도 맞아. 완전히 빗나간 것도 아니겠군."

"우리도 부품을 찾으면서 알아볼게요!"

"히, 힘낼게요……!"

"다들 고마워! 꼭 굉장한 걸 찾아서 보여줄게!"

"메이플이 그렇게 말하면…… 조금 무섭기도 한데 말이야."

"이해해."

"그래, 그렇지."

지금껏 보여준 것을 돌이켜 보면 '굉장하다'에 해당하는 것이 몇 개나 떠오른다. 아군이라면 강해져서 기쁘지만, 내용이 전부 누가 봐도 정말 황당무계하기만 하다.

　크롬, 이즈, 카스미가 똑같이 반응하는 가운데, 힌트를 얻은 메이플은 의욕이 충만한 기색이었다.

4장 방어 특화와 침몰선.

그렇게 한동안 시간이 지나고, 【단풍나무】멤버 8명도 8층의 모든 장소에 갈 수 있게 되었다. 그렇다면 할 일은 뻔하다.

"사리! 이제야 어디든지 갈 수 있게 됐어!"

"응. 거기에 진짜로 뭐가 있는지 확인하러 갈 수 있겠는걸."

두 사람이 찾는 것은 당연히 두 아이템을 쓸 수 있는 장소다.

물론 부품을 모으는 동안에도 그럴싸한 장소가 없는지 찾아봤는데, 결국 찾아내지 못했다. 그야 철저하게 숨겨져서 찾지 못했을 가능성도 부정할 수 없지만, 먼저 미탐색 구역에 가는 게 낫다.

그쪽이 미지의 무언가가 확실하게 있을 것이다.

"언제든지 돼!"

"메이플이 된다면 빨리 가자. 이즈 씨의 아이템도 챙겼어?"

"응! 숨이 오래가는 아이템은 많아."

"그러면 출발하자. 최종적으로는 하나하나 볼 수밖에 없으니까 시간이 많아서 나쁠 건 없어."

사리는 길드 홈에서 나가고 언제나 그렇듯 마을 밖에서 제트스키를 꺼내 메이플을 뒤에 태운다.

"잘 잡았어!"

"오케이!"

사리는 제트스키를 단숨에 가속하고 그대로 물 위를 빠르게 달린다.

"어디부터 갈 거야?"

"새롭게 갈 수 있게 된 구역에서 가장 넓은 곳. 혼자 멀리 떨어진 곳은 연속으로 탐색하기 불편하니까 나중에!"

"그렇구나."

"게다가 지금 가는 곳은 꽤 높은 곳이니까 가장 유력해. 1순위 후보란 느낌이야."

"오오! 그러면 처음부터 찾을지도 모르겠네!"

"모두의 예상이 맞는다면 말이지."

사리는 그렇게 한동안 제트스키를 몰고, 지도를 확인하고서 천천히 정지한다.

"여기 아래야?"

"아니. 조금 더 가야 하는데…… 보면 알아."

사리는 무슨 뜻인지 몰라서 고개를 갸웃하는 메이플에게 잠수복을 입으라고 시키고, 둘이서 함께 물속으로 뛰어든다. 눈앞에 펼쳐지는 것은 여전히 한없이 이어지는 물과 아래로 보이는 높은 산맥. 그리고 그 주위를 마치 태풍처럼 에워싼 거친 물살이었다.

물살은 이펙트가 있어서 알아보기 쉽지만, 그 틈새를 빠져나가라고 보이는 게 아니다. 오히려 다가갔다가 물살에 휩쓸려 죽지 말라고 눈에 띄게 한 조치다.

"메이플은 안 죽을지도 모르지만…… 만약 밖으로 나올 수 없게 되면 내가 탈출을 도울 수 없으니까 조심해."

"으, 응. 조심할래."

얼마 전에도 물살에 험한 꼴을 봐서, 메이플도 저기는 접근하지 않기로 했다.

"저쪽은 가면 안 되는 거지?"

"그래도 저쪽으로 갈 거지만."

"어?!"

사리가 방금 그 위험성을 설명해서, 아무리 생각해도 접근해서는 안 되는 곳이라며 메이플의 뇌리에도 각인된 참이다.

"가는 방법이 있다나 봐. 물살을 잘 확인하면서 가자."

"응. 사리는 알아?"

"아직 내부 정보는 없지만, 입구 위치는 알아."

"오오! 역시나 사리!"

두 사람은 조금 떨어진 곳에서 물 밑바닥으로 잠수하고, 그대로 산기슭 쪽으로 나아간다. 원래는 지상이었던 높이에는 저 강렬한 물살이 없는 듯, 문제없이 다가갈 수 있었다.

"산도 이렇게 크니까 입구도 여러 군데 있을 수 있지만……
아무튼 내가 아는 곳은 여기야."

두 사람의 눈앞에는 산속으로 이어지는 동굴이 있었다. 내부의 공기 상태는 자세히 모르지만, 밖에서 봐서는 완전히 물에 잠겼다.

"위험할 것 같으면 탈출할 거야. 숨이 막히지 않게 조심해."

"응! 너무 길지 않으면 좋겠어……."

그리하여 두 사람은 나란히 수중 동굴로 들어간다. 안은 밝기가 조정되어 딱히 어둡지도 않고, 시야도 문제가 없다.

던전이나 몬스터의 상태를 아직 모르므로 일단 【헌신의 자애】를 쓰지 않고서 안쪽으로 간다.

"어라? 뭔가 있어?"

"있네. 잘 보이진 않지만."

둥실둥실 떠다니듯 물속을 이동하는 그것은 온몸이 물로 된 슬라임 같은 세 마리 몬스터였다. 윤곽을 알 수 있게 주위 물보다 진한 색깔이 아니었으면 발견하기 어려웠으리라.

"그러면 먼저 공격하는 사람이 이기는 거네!"

메이플은 병기를 전개하고 탄환을 대량으로 퍼부어 몬스터들을 공격한다.

그것은 잔챙이 몬스터 정도는 기본적으로 쉽게 날려 버리는 탄막인데, 이번에는 그렇지 않았다.

메이플의 탄환이 날아가서 전투 상태가 된 슬라임은 그 몸을 얇게 펼쳐서 탄환을 전부 막는다.

탄환은 슬라임을 관통할 기세로 몸을 한껏 늘리더니, 몸이 원래대로 돌아오자마자 튕겨 나갔다.

"커, 【커버】!"

메이플은 방패를 등 뒤로 돌리고 잽싸게 사리의 앞에 서서 튕긴 탄환을 몸으로 막는다.

메이플은 자기 공격이 직격해도 문제없지만, 만에 하나라도 사리가 맞으면 한 방에 즉사한다.

"마법이 아니면 안 되나 보네."

"어어…… 그러면……."

"독은 쓰지 말았으면 좋겠어."

"그렇지?"

메이플의 공격 수단은 【기계신】, 【흘러나오는 혼돈】, 【히드라】이며, 마법이라고 할 수 있는 것은 【히드라】뿐이다. 더군다나 물속에서 독을 쓰면 황당무계한 무차별 공격이 된다는 것은 예전 일로 증명을 마쳤다.

【악식】이라면 묻고 따지지도 않고 삼키겠지만, 잔챙이 몬스터를 잡으려고 쓰다간 한도 끝도 없다.

"아이템으로 무기에 바를 순 있지만 기계신에는 효과가 없으니까…… 사리!"

"응. 나한테 맡겨."

굳이 무리해서 자기가 해결책을 찾을 필요는 없다. 이럴 때를 위해서 폭넓게 스킬을 배우고 상황에 대응할 수 있게 만든 사리가 있는 것이다.

"옆에서 따라갈게! 평소처럼 뒤에서 쏠 수는 없으니까."

"응. 예전처럼 말이구나."

사리가 쑥 가속해서 슬라임에게 접근하자 메이플이 【커버 무브】로 따라잡는다. 만약의 사태도 완벽하게 대비한다.

"【사이클론 커터】!"

사리의 손 위에서 소용돌이치는 바람의 칼날이 커지고, 슬라임 세 마리를 휩쓸듯이 날아간다.

그러자 이번에는 공격을 튕겨내지 않고, 그대로 슬라임의 부드러운 파란 몸을 베어서 대미지를 준다.

"생각보다 약해……? 튕겨내는 것 말고는 별로일까?"

위력 강화도 딱히 안 해서 8층에 와서는 위력이 부족한 느낌이 드는 사리의 마법인데, 그것으로 HP가 확 줄어드는 것을 보고 일부 공격을 완전히 반사하는 대신 다른 수치가 낮은 것으로 추측했다.

다만 튕겨내는 것 말고 공격 수단이 없는 것도 아니어서, 세 마리가 힘을 합치듯 파란 마법진을 형성하더니 그곳에서 커다란 물덩어리를 발사했다.

"【커버】!"

관통 공격이 아니라고 본 메이플이 앞에 나서서 막자 물덩어리는 직격과 동시에 터져서 충격을 발생시킨다.

충격 정도로는 메이플에게 아무 문제도 없다. 【악식】도 아껴서 사리의 다음 행동을 기다린다.

"이건 어때?"

메이플이 공격받는 동안 잽싸게 인벤토리에서 아이템을 꺼낸 사리는 손에 잡힌 크리스탈을 부수고 무기에 번개를 두르게 하더니, 물 속성 추가 공격이 가능한 【물 두르기】도 발동해서 다시 앞으로 나선다.

"【트리플 슬래시】!"

마법과는 다르게 순조롭게 위력이 강해지고 있는 무기 공격은 번개로 슬라임의 몸을 태우고, 이어지는 물 추가타로 남은 HP를 다 날려 버렸다.

"좋아. 끝!"

"생각보다 쉽게 해치웠어. 공격을 튕겨냈을 때는 어쩔까 싶었는데…….."

"다른 몬스터와 같이 나올 때는 조심해야 할까? 아이템을 쓰면 무기로도 대미지를 줄 수 있는 것 같으니까, 하나만 나와도 괜찮아."

"그러면 더 가자!"

"그래. 서둘러서 손해 볼 일은 없으니까."

"그런데 물속에도 슬라임이 있구나. 왠지 녹을 것 같은데."

"그러게. 음. 물속에 있는 건 조금 특이할까?"

지상에서 통통 튀어 다니는 모습은 자주 보지만, 수중 활동에는 적합하지 않게 생긴 몸이다. 사실 이번에는 물살을 타고 떠다니고 있을 때 마주친 것이다.

"물 마법을 썼으니까, 그걸로 가속해서 이동한 걸지도 몰라. 아마 그런 생물도 있었을 텐데……."

"내가 기계신으로 나는 느낌이구나!"

"그럴까……? 비슷할지도?"

이동하는 모습이나 주변에 미치는 피해가 아주 다른 것 같기는 하지만, 사리는 그 점을 신경 쓰지 않기로 했다.

그렇게 한동안 나아가자 슬라임 말고도 다양한 몬스터가 나왔다. 다만 새나 짐승 같은, 수중보다는 지상에 있을 법한 것밖에 없다. 물속에서 지내야 해서 그런지 아까 본 슬라임처럼 몸이 파란 젤리인 것이 특징이다.

"8층에도 똑같은 몬스터가 있구나!"

"똑같은 몬스터라고 하면 어폐가 있을 것 같지만…… 정말로 왜 물속에 있는지 궁금해지는 느낌이야."

물속에서 활동하고, 물 마법을 써서 공격하지만, 물고기 몬스터처럼 민첩하게 헤엄쳐서 거리를 좁히거나 하지는 않는다.

어느 몬스터도 지상에 적합한 능력으로 수중에 있는 듯한 어색함이 보였다.

"움직임이 굼떠서 다행이지만."

"나도 반응하기 쉽고!"

"그래."

메이플과 속도를 견줄 만한 상대라면 사리가 더 훨씬 빨리 움직일 수 있다. 8층 몬스터를 웃도는 속도로 물속을 헤엄치는 거니까 당연한 일이다.

그 덕분에 두 사람은 딱히 고전하는 일도 없이 나아갈 수 있었다. 몬스터가 날리는 물 마법은 범위가 넓고 강력하지만, 메이플이 있으면 완전히 무의미하며, 전체적으로 맷집이 약한 몬스터는 사리 혼자서 충분히 격파할 수 있다.

"혼자 오지 않길 잘했어…… 몬스터를 하나도 못 잡아서 곤란했을 거야."

"원래 방패 유저는 적에게 대미지를 주는 사람과 함께 있어야 빛을 보니까. 그러니까 솔로 플레이는 조금 힘든 경우가 많은데."

"후후후! 공격도 조금은 자신이 생겼어!"

"잘 다루고 있으니까 말이지."

독을 뿌리고, 괴물을 소환하고, 대량의 병기로 적을 쓸어 버리며 전진한다. 그것은 절대로 방패 유저가 할 짓이 아니다.

물론 대미지를 주는 것은 같은 파티로서 좋은 일이지만, 그것이 없어도 싸울 수 있는 것이 건전하다.

"더 가면 다른 타입의 몬스터도 나올지 몰라. 그때는 잘 부탁할게."

"응! 비축도 많아!"

"그것참 믿음직한걸."

사리는 메이플과는 다르게 사용 횟수에 제한이 있는 스킬을 전투의 주축으로 넣지 않는다. 그래서 한동안 탐색했어도 두 사람의 리소스는 딱히 줄어들지 않았다.

만약 보스가 일반적인 육체를 지니고 나타난다면 그때까지 아낄 수밖에 없었던 스킬이 가차 없이 덮쳐들 것이다.

그렇게 물속 통로를 한동안 이동하던 메이플과 사리는 길이 몇 군데로 갈리는 넓은 공간을 시야에 포착했다. 신중하게 한 걸음 내디디는데도 딱히 중간 보스 같은 것이 나타날 낌새는 없으니까 알기 쉬운 분기점에 불과한 것 같았다. 아직 갈 길이 멀겠다며 사리는 메이플의 상태를 확인한다.

"숨은 아직 괜찮아?"

"괜찮아! 아……?"

"메이플?"

메이플은 뭔가 이상한지 잠수복의 가슴 언저리를 툭툭 치고 있다.

"무슨 일 있어? 공기는…… 수치로 봐선 문제없는데."

"뭔가 이 근처가 조금 따뜻한 느낌……?"

"그래……? 상태이상도 아닌 듯한데."

사리는 잠시 생각한 뒤, 떠오른 것을 말하기 시작한다.

"딱히 대미지를 받거나 상태이상에 걸린 것도 아니고, 몬스터가 있는 낌새도 없다면 뭔가의 힌트일까? 내가 느끼지 않는 걸 보면 메이플의 스킬이나 아이템에 반응했을 수도 있어."

"오오, 그럴지도!"

"다만…… 좋은 내용일지 나쁜 내용일지는 몰라."

"응……?"

"엄청나게 강한 몬스터가 있는 곳이니까 위험하다고 알려주는 걸지도 모르고, 반대로 좋은 아이템이 있는 곳을 알려주는 걸지도 모른다는 말이야."

뭔가의 위치를 알려준다고 해도, 과연 가까이 가도 되는지는 모르는 법이다.

지금 정확하게 알 수 있는 것은 지금껏 없었던 변화가 메이플에게 생겼다는 사실밖에 없다.

"메이플은 어떻게 생각해?"

"음…… 사리 말처럼 힌트 같고, 반응하는 곳이 있다면 거기로 가 볼까?"

"엄청나게 강한 몬스터가 있을지도 모르는데?"

"우리 둘이서 이길 수 있어!"

웃으며 단언하는 메이플에게 눈을 동그랗게 뜨면서도, 사리는 우스운 듯 슬쩍 웃고 자신만만한 표정을 짓는다.

"그래. 우리라면 이길 수 있어."

"게다가…… 그렇게 위험한 느낌이 아닌 것 같아. 그냥 그런 느낌이라는 거지만……."

"그래? 메이플의 감은 잘 맞으니까 말이지……."

그렇다면 조금이라도 반응이 나타나는 곳으로 가 보자며 두 사람은 다시 헤엄치기 시작한다.

우선 눈앞에서 갈라지는 길 중에서 어디로 갈지 정할 필요가 있다.

"그러면 한 군데씩 조금 들어가 보자. 뭔가 반응이 있을지도 몰라."

"알았어!"

사리의 제안을 듣고 통로를 조금 나아가다가 멈춘 메이플이 딱히 변화가 없다며 고개를 젓는다.

"아마도 없는 것 같아!"

"그러면 다음이네."

그렇게 중간중간에 통로로 들어가며 벽을 따라서 빙 돌다가, 그중 한 통로 앞에서 메이플이 멈추고 고개를 갸웃한다.

"무슨 일 있어?"

"음…… 잠깐 따뜻해졌을지도?"

"진짜?"

"기분 탓일까?"

"그러면 다시 확인해 보면 되잖아? 옆으로 빠져서 다시 앞에서 보자."

"그렇구나! 그러자!"

메이플은 옆으로 이동하고 다시 똑같은 통로 앞으로 돌아가 의식을 집중한다.

"어때?"

"느낌이 달라졌어!"

"오케이. 그렇다면 여기로 가면 되겠네."

변화가 있다면 이 길에 다른 곳에 없는 뭔가가 있는 것으로 추측할 수 있다.

앞으로는 잠시 통로 앞에 서서 확인한 다음에 나아갈 필요가 있을 듯하다.

그리하여 메이플의 감각을 의지하며 통로를 나아가던 두 사람이 한동안 이동하자 다음 갈림길로 이어지는 넓은 공간이 나타난다. 또다시 메이플에게 찾아달라고 할 때, 번쩍번쩍하고 빛이나 전기로 보이는 무언가가 중앙에서 터진다.

"……!"

"사리, 뭔가 나오려나 봐!"

"대비해!"

메이플이 방패와 병기를 겨누고, 사리가 언제든지 공격으로 전환할 수 있게끔 단검 두 자루를 다시 움켜쥐는 가운데 요란한 소리와 빛이 잦아든다. 그 자리에는 물에 가라앉지 않고 정지한 입방체가 있었다.

돌을 조립해서 만든 듯한 그것을 관찰하자 금이 가서 몇 개의 조각으로 갈라지는데, 내부에서는 파란 핵 같은 빛이 보였다.

그와 동시에 위에 HP 막대가 표시되고, 전투태세를 취하는 것처럼 빙빙 회전하기 시작한다.

"골렘하고 조금 비슷할까?"

"지난번의?"

"응. 재질이 말이야."

똑같이 돌로 만들어졌다는 것만이 아니라 만들어진 느낌도 비슷하다면 그 수중 신전과 이 장소의 관련성이 느껴진다. 그렇다면 이 길로 가면 두 사람의 목적지가 나올 가능성이 크다.

"이건 대박일 것 같아."

"진짜?! 좋아. 그러면 더 힘내야겠네!"

"응. 아마도 이게 지키는 무언가가 있을 거야."

지키는 만큼 무슨 일이 있어도 보내지 않겠다는 듯이 빛이 터지고, 다음으로 통하는 통로가 돌벽으로 막힌다. 그리고 신호를 준 것처럼 입방체 주위에 마법진이 전개된다.

"준비 다 됐어!"

"고마워!"

【헌신의 자애】를 쓸 수 있도록 의식하며 반응을 지켜보자, 마법진의 빛에 맞춰서 몸이 천천히 왼쪽으로 흘러간다.

"공격이 아니야……. 대미지가 없어!"

"하지만 이건, 어어어?!"

물덩어리를 맞은 것이 아니라, 더 규모가 큰 변화가 이 공간 전체에 발생하고 있었다. 마법진의 효과로 보스의 회전에 맞춰 물살이 발생하며, 가차 없이 일정 방향으로 휩쓸리는 것이다.

"【공격 개시】! 아차, 조준하기 어려워……!"

메이플은 전개한 병기로 공격하지만, 그 방어력을 살려서 탄막을 펼쳐 운용하는 것이 대부분이어서 움직이며 적을 노리는 것은 서툴다. 대미지를 잘 주지 못한다.

"핵 말고도 대미지가 박히는 건 다행이야. 나도 공격할 테니까 메이플도 최대한 대미지를 띄워!"

"알았어! 지금까지 안 한 만큼 힘낼게!"

오는 길에는 몸이 물로 된 몬스터밖에 없었으니까 이제야 멀쩡하게 공격할 수 있는 적이 나타난 셈이다. 병기에도 아직 여유가 있으니까 메이플도 이때다 싶어서 공격에 나선다.

"이 정도의 물살이라면……!"

사리는 흐름을 거스르지 않고 가속하고는 원을 그리듯 빠르게 거리를 좁힌다. 보스도 이에 반응해서 마법진에서 물의 창을 생성하지만, 사리가 접근하는 것보다는 느리다.

"【트리플 슬래시】!"

아주 짧은 한순간, 스쳐 지나가듯이 때릴 수 있는 것 중에서도 피해를 가장 많이 주는 스킬로 여섯 개의 깊은 상처를 남기고는 그대로 물의 흐름에 따라서 이탈한다.

"가속할 수 있으니까, 오히려 고마울 정도야."

"사리, 굉장해! 좋아, 나도……."

잘 조준하는 것은 주특기가 아닌 메이플은, 그래도 공격을 명중시키고자 특대 구경의 대포를 생성해서 포구를 중앙으로 놀린다.

그러나 그것이 레이저를 발사하기도 전에 사리를 노리고 날린 물의 창들이 물살을 타고 쇄도했다.

같은 물살 속에 있는 상대에게는 어느 정도 바짝 따라잡을 수 있도록 만들었는지, 사리는 어떨지 몰라도 메이플의 속도로는 도망칠 수 없다.

"어?! 잠깐만!"

"괜찮아. 나한테 맡겨!"

사리는 잽싸게 가까이 다가와 흐름 속에서 자세를 잡고는, 메이플의 앞에서 멈춰 병기를 물의 창으로부터 지키기 위해 가로막고 선다.

"후우……!"

물속에서 잽싸게 휘둘린 단검이 퍼렇게 번뜩이고, 쇄도하는 물의 창 중에서 메이플에게 명중하는 궤도에 오른 것이 전부 떨어진다. 본체는 괜찮아도, 기본적으로 병기는 공격에 못 버티니까 지킬 필요가 있다.

"고마워, 사리! 좋아! 【공격 개시】!"

세세하게 조준할 수 없다면 어느 정도 빗나가도 맞도록 공격하면 된다. 메이플은 그렇게 생각하고 빨갛게 빛나는 거대한 레이저를 중심 쪽으로 발사한다. 그것은 물살을 무시하고 중앙에 도달하더니, 입방체의 반을 태우며 관통하고, 안쪽 벽에 직격해서 폭발했다.

"으으…… 조금 빗나갔어."

"충분했는데 뭘. 팍팍 쏴. 내가 옆에서 막을 테니까."

"응!"

메이플의 병기를 잘 활용할 때이므로 사리는 공격을 중지하고 메이플 방어에 나선다.

상대로서는 어떻게든 메이플의 병기를 부셔야 하지만, 사리의 방어망을 돌파하기란 매우 어렵다. 단검으로 쳐내거나【워터 볼】등의 마법으로 벽을 만들 수도 있으니까 여러 방향에서 노려도 공격이 잘 먹히지 않는 것이다.

"좋아…… 잘 조준하고!"

"나는 걱정하지 않아도 돼."

"【공격 개시】!"

그 결과, 차례차례 발사되는 새빨간 레이저에 의해 입방체가 가루가 될 때까지, 메이플의 병기에는 상처 하나 나지 않았다.

입방체가 흔적도 없이 날아가 소멸하자 방 전체의 물살이 정지하고, 물속은 원래대로 평화로워진다.

"별로 안 강했어."

"일반적으론 조금 더 고전할지도 모르지만……. 응. 특별히 어려운 적은 아니었네."

"사리가 지켜줘서 병기도 아직 무사해!【악식】도 있어!"

스킬을 많이 아끼고 돌파할 수 있었던 것은 사리가 있어서다. 사리가 방어해 준 덕분에 메이플은 레이저로 끊임없이 공격할

수 있었고, 병기도 망가뜨리지 않고 최소한으로 생성하기만
해도 됐다.

"이제 안쪽으로 가자. 여기부터는 메이플이 앞장서."

"네―!"

반응이 있는 곳으로 진로를 잡으며 물속을 헤엄치자 몬스터
의 종류가 확연하게 변한 것을 알 수 있다. 지금까지는 물로 된
몬스터만 있었는데, 차가운 돌과 금속으로 된 골렘이 대다수
를 차지하게 되었다.

그것들은 물속에서도 기민하게 움직여서 정확하게 공격하는
데다가 마법과 물리 공격을 전부 소화하는 다재다능한 몬스터
인데, 공격을 반사하는 능력이 없으니까 메이플로서는 해치우
기 쉬울 뿐이다.

"【공격 개시】!"

"아무리 그래도 다 맞으면 버틸 수 없나……."

"통로에는 물살도 없고 구부러진 곳도 없으니까 잘 맞아!"

지금도 아낌없이 전개되는 병기가 생성하는 탄막이 다가오
는 골렘 하나를 빛으로 만들었다.

주는 대미지는 변함없으니까 층이 오를수록 몬스터가 강해
지면서 위력이 부족해지는 것은 확정인데, 지금도 정면에서
직접 탄막에 뛰어들어 살아남는 적은 아직 적다.

몬스터는 약하다고 할 정도가 아닌데, 두 사람에게 위협이 될 정도는 아니다. 그래서 딱히 머리를 쓰지 않아도 정면에서 돌파할 수 있었다.

"좋아! 이러면 괜찮아!"

"일반적으로 싸우면 느낌이 다른 물속에 광범위 공격인데…… 메이플이 상대라면……. 그리고 신전 쪽하고 연결점이 있다면 그쪽 보스가 메인일지도 몰라. 보스라고 항상 이벤트 마지막에 나온다는 보장은 없으니까."

"그렇구나."

두 사람은 산맥 내부를 위로, 위로 나아간다. 밖으로 나가지 않아서 정확한 위치는 가늠하지 못하지만, 천천히 올라가고 있는 것만큼은 확실하다.

그리하여 메이플과 사리는 눈앞에 나타나는 몬스터를 한 마리도 빠짐없이 격파하고, 산맥의 한 정상에 도달해 주변을 둘러본다.

멀리서 봤을 때는 이펙트가 부여된 물살이 방해해서 잘 보이지 않았던 정상은 딱히 뭔가 있는 낌새가 없지만, 위에서 충격이 있었던 듯 평평하고 넓었다.

"산꼭대기 느낌이 별로 안 나는데…… 여기서 직접 다른 곳으로 이동하는 건 무리일 거고. 메이플, 반응은 어때…… 메이플?!"

사리가 뒤돌아보자 메이플의 가슴 언저리가 빛나서, 허둥지둥 무사한지 확인해 본다.

"괜찮아! 가, 갑자기 빛나긴 했지만……."

"엄청 반응하는 걸 보면 여기가 맞을까? 뭔가 있을지도 모르니까 돌아다녀 봐."

"응!"

메이플은 놓치는 게 없도록 구석구석 걸어서 넓은 산꼭대기를 조사하기 시작한다.

사리는 그 뒤를 따라가면서 뭔 일이 생겼을 때의 긴급 피난에 대비하고 있었다. 적의 모습은 딱히 없으니까 문제없을 것으로 예측하지만, 그런 사리의 눈앞에서 메이플이 아무 예고도 없이 순식간에 사라져 눈을 휘둥그레 뜬다.

"어……?!"

전이 마법진도 아니고, 몬스터의 낌새도 없다. 애초에 기습이 가능한 지형도 아니다. 메이플이 걸어간 곳을 체크하려고 황급히 뛰어서 다가간 사리는 그 직후에 아무것도 없는 공간에서 예고도 없이 뭔가 나오는 것을 보고 아슬아슬하게 정지하고, 뒤로 뛰면서 그 정체를 확인했다.

"메, 메이플?"

"아! 사리! 괜찮았어?"

"으, 응. 아주 잠깐이었으니까…… 몬스터가 출현하는 신호도 없었던 것 같아. 그런데…… 그건, 어떻게 된 거야?"

사리의 눈앞에는 공중에 뜬 메이플의 머리만 있었다. 정확하게는 아무것도 없는 공간에서 머리 앞쪽이 벽에 걸린 가면처럼 공중에 떠 있는데, 아무튼 오싹하다.

"이쪽으로 올 수 있을까? 어디, 손을…… 얍!"

그렇게 말하자 이번에는 얼굴과 똑같은 느낌으로 메이플의 팔이 튀어나온다. 예전의 가짜 메이플 같은 느낌도 아니다. 메이플이라면 아무 말도 없이 사리를 위험한 곳으로 끌고 가려고 하지 않을 테니까 이 손을 잡아도 문제없으리라.

"됐어. 잡았어."

"그러면 그대로 걸어와!"

메이플이 시키는 대로 한 발짝 내디디자 보이지 않는 벽을 통과한 것처럼 다리가 안 보이게 된다. 그러나 대미지는 없고, 보이지 않는 다리의 감각도 있어서 건너편의 지면을 밟은 감촉이 든다.

사리가 그대로 앞으로 걸어가 보이지 않는 벽을 통과하자 눈이 부시도록 빛이 쏟아진다. 물속과의 차이 때문에 반사적으로 눈을 감았다가 빛에 익숙해지게끔 천천히 뜬다.

"이건……."

"굉장하지!"

눈앞에 펼쳐진 것은 8층에서는 어디에서도 볼 수 없었던 지상의 풍경이었다. 지면은 풀과 꽃으로 뒤덮였다. 동물이 뛰어다니는 모습이 보이고, 새가 지저귀는 소리도 들려온다. 그리고 무엇보다도 다른 점으로, 이 장소는 물에 잠기지 않았고, 고개를 들어 보면 탁 트인 하늘이 보였다.

판정으로도 수중이 아닌 듯, 이미 잠수복을 벗은 메이플을 따라서 사리도 잠수복을 벗는다.

"완전히 격리된 공간일까? 전이한 건 아닌 듯한데."

"사리의 뒤쪽에서 바깥으로 연결되는 거 같아!"

그것은 메이플이 얼굴만 내밀고 사리를 부른 것으로도 짐작할 수 있다.

동물들도 적대적이 아닌 듯, 메이플과 사리를 눈치채고도 공격하려는 낌새가 없다.

"그건 그렇고…… 딱 봐도 수상한 게 있는걸."

"응. 저거지? 모양이 이상해……."

다른 층과 다름없는 지상의 풍경과 그곳에서 사는 동식물 말고도, 여기에는 놓칠 수 없는 것이 하나 배치되어 있었다.

비록 허름해지기는 했지만, 딱 봐도 알아볼 정도로 형태를 남긴 커다란 배였다. 측면에 큰 균열이 있고 식물에 침식되어 완전히 동물들의 터전이 되었지만, 뛰어올라 갑판에 내려가거나 균열에 들어가거나 하면 안을 탐색할 수 있을 것처럼 보인다.

"또 빛이 강해졌어?"

"조금 눈이 따가울지도……."

변화가 일어나면서 무언가가 가까워지고 있음을 알 수 있는데, 노골적으로 다른 분위기로 봐서는 이 장소가 그 무언가와 별로 멀지 않으리라고 예상할 수 있다.

"들어가지 않고 돌아갈 수도 없으니까, 가 보자."

"물론이야!"

메이플과 사리가 보유한 횟수 제한 스킬도 아직 남았다. 리소스가 줄어들지 않았다면 어지간한 일이 생기지 않는 이상 두 사람이 당하는 일은 없으니까 여기까지 와서 탐색을 주저할 이유는 없다.

"어디로 들어갈까?"

"역시 제대로 된 입구가 좋을까? 저기 갈라진 곳은 아닌 것 같으니까⋯⋯."

"그렇다면 위쪽이네. 실을 연결해서 가도 되지만⋯⋯ 제법 높으니까 부탁해도 될까?"

"응! 시럽, 【각성】!"

메이플은 시럽을 불러내고 그대로 【거대화】를 써서 공중에 띄운다.

몬스터가 없다면 서둘러서 올라가지 않아도 된다. 그리하여 시럽의 등에 타고 상승하자 갑판 부분이 보이기 시작하는데, 거기서도 몬스터의 낌새가 없이 풀과 꽃으로 된 융단 위에서 동물들이 잠들어 있기만 했다.

"내려가도 괜찮을 것 같네."

"살살 내릴게."

메이플은 갑판 높이로 천천히 고도를 낮춰 배로 넘어간 다음에 시럽을 다시 반지로 돌려보낸다.

"이제 바로 안에 들어가 볼까."

"응!"

두 사람은 내부로 이어지는 계단을 내려가서 낌새를 살핀다. 바깥에도 퍼진 만큼 배 안에도 식물이 가득해서, 본래라면 있어야 할 가구는 이미 찾아볼 수조차 없다.

"안에도 몬스터는 없는 것 같은데…… 일단 경계할게."

"고마워! 뭐가 있을까?"

"있다면 안쪽이겠지. 그리고 다른 방이나 통로로 이어지지 않는 곳."

"찾아볼게!"

"응. 그래."

큰 배이긴 하지만, 탐색할 수 있는 곳은 제한적이다. 메이플의 반응 변화에 맞춰서 이동하면 크게 헤맬 일도 없다.

그리하여 목적지는 얼마 지나지 않아 발견되었다.

메이플의 가슴에서 나는 빛이 호응하듯이 은은하게 빛나는 것은 배 중심부에 있어서 아직 부서지지 않은 채로 남은 듯한, 벽에 새긴 조각이었다.

"보스…… 같은 느낌은 아니네."

"가까이 가도 돼?"

"그래. 적의 낌새는 안 느껴져."

사리가 경계하는 와중에 메이플이 무슨 일이 생겨도 괜찮도록 조각으로 다가가 손을 댄 순간, 메이플의 몸에서 나던 빛이 단번에 강해져서 내부를 환히 비춘다.

그 타이밍에 땅이 울리고, 두 사람이 지금 타고 있는 배가 크게 흔들린다.

아무래도 산이 흔들리는 것이 아니라, 배 자체가 미지의 동력으로 움직이려고 해서 그런 듯하다.

"어어어어?!"

"움직여……?!"

서로 모습이 보이지 않을 정도로 강한 빛 속에서 제각기 자세를 바로잡아 흔들림에 대처하지만, 얼마 후 빛이 잦아들고 배의 흔들림도 완전히 멎었다.

"머, 멈췄어?"

"더는 움직이지 못하는 걸지도 몰라. 왜, 밖에서 봐도 알 정도로 부서졌으니까."

"그렇구나……. 그럴지도."

이 배를 움직여서 가져가면 엄청난 기념품이 될 것 같지만, 그건 불가능한 듯했다.

"그렇지! 메이플, 뭔가 달라진 거 없어? 엄청 흔들리는 바람에 나는 알림을 못 들었어."

아이템이나 스킬에 뭔가 변화가 없는지 물어봐서, 메이플은 다시 그것들을 확인해 본다.

"『하늘의 빛』이 사라지고, 대신…… 응. 스킬이 생겼어!"

"역시 그거였구나. 그래서? 어떤 느낌이야? 기왕이면 보고 싶은데."

물론 지금 여기서 쓸 수 있다면 말이지만. 아무래도 열쇠가 된 아이템의 분위기대로 딱히 위험하지는 않은 듯, 메이플은 효과를 잘 읽고 나서 발동해 본다.

"【구원의 잔광】!"

스킬 선언과 동시에 아까와 똑같이 강한 빛이 생겼다. 메이플의 머리 위에는 지금껏 눈에 익숙한 것과는 다르게 뾰족한 빛이 모인 고리가 나타나고, 머리는 금색으로, 눈은 파란색으로 바뀌었으며, 등에는 합계 네 장의 하얀 날개가 생기고, 바닥이 빛나기 시작한다. 예상을 뛰어넘는 메이플의 변화를 본 사리의 눈이 휘둥그레지지만, 메이플에게 다가가 어떤 느낌인지 확인해 본다.

"【헌신의 자애】에 가깝지만…… 그게 진화한 느낌일까?"

"아니야. 그거랑 달라! 봐봐, 【헌신의 자애】!"

메이플이 이어서 스킬을 선언하자 날개 두 장이 추가되고, 이미 있던 빛의 고리 안쪽에 기존에 보던 둥근 고리가 생긴다.

"효과는?"

"그게 있지…… 범위에 있는 아군 사람은 상태이상 내성이 올라가고 받는 대미지가 주는 거랑, 서서히 회복하는 느낌!"

"움직이는 【천왕의 옥좌】 같은 스킬인가 보네……. 그렇다면 나는 일단 필요 없으려나?"

사리는 대미지 경감을 써도 한 방에 죽는 건 여전하고, 애초에 HP가 줄어들고도 살아남는 상황이 존재하지 않는다고 할 수 있으니까 회복 효과도 발휘할 수 없으리라.

게다가 【헌신의 자애】처럼 범위 효과가 있다면 메이플과 같은 파티로 다니는 일이 많은 사리가 이 과정을 다시 처음부터 깨서 입수할 필요는 없다고도 할 수 있다.

"다른 사람이라면 범위 내 대미지 경감 스킬이 중첩되어서 엄청난 강화겠지만…… 맨몸으로도 튕겨내니까 말이지."

【헌신의 자애】와 자체 방어력으로 이미 주위 사람이 피해를 보지 않으므로 쓸 일이 별로 없다는 것도 사실이다. 사리와는 다른 이유로 대미지 경감과 회복을 거의 쓰지 않는 메이플은 【천왕의 옥좌】도 기본적으로 봉인 효과만 도움이 되는 상태다.

"하지만 겉만 보면 굉장하네. 또 격이 올라간 느낌이 들어."

"날개가 늘어났으니까!"

"이걸로 날 수 있으면 더 강할 텐데……."

"그건 폭발을 의지해야 할 거야."

등에 달린 날개를 움직여 보려고 하지만, 날갯짓하며 날아오를 기색은 없다.

"수확은 있었네. 스킬은 그게 다야?"

"그게 있지, 【히드라】 같은 게 하나 더 있어! 그리고…… 역시! 【반전재탄】도 돼!"

"그렇구나?"

"다른 사람들한테도 보여주자! 스킬도 모두가 봐야 알기 쉬울 거야!"

그렇게 말하고 메이플은 사리에게 스킬창을 직접 보여주고 내포된 스킬을 확인하게 해준다.

"하긴…… 그럴지도. 주위에 사람이 많을 때 쓸 테니까."

"그렇지?"

"괜찮지 않을까? 아, 새로운 날개는 도로 넣어. 엄청난 효과는 아니어도 여차할 때 내놓으면 상대도 잠깐 멈칫할 거니까."

"응! 비장의 카드라는 거지?"

"맞아. 후후. 잘 알잖아."

"에헤헤."

여기에서 볼일은 다 끝났으니까 그렇다면 빨리 돌아가자며 로그인 중인 길드 멤버에게 연락해서 길드 홈으로 올 수 있는 사람을 부른 다음 귀로에 올랐다.

길드 홈으로 돌아와 문을 열자 이미 다른 길드 멤버가 모두 모여 있었다.

"다들 왔구나!"

"궁금하니까 말이지. 그나저나 결과를 너무 빨리 내잖아."

"재미있는 걸 볼 수 있을 것 같아서 기대돼."

"얼른 훈련장에 가자. 다른 길드에는 아직 비밀이지'?"

"네. 숨기면 처음에 쓸 때 상대도 움츠러들 것 같으니까요. 게다가 메이플은 이번 스킬이 없어도 전투에 지장이 없으니까……."

"맞는 말이다. 다만 움츠러들 정도의 스킬인가."

"어떤 스킬일까요……?"

"아니요. 메이플 씨니까요."

이미 인간이 지녀서는 안 될 것이 이것저것 딸린 지금, 뭘 입수해도 이상하지 않다.

"후후후. 보면 알아!"

여덟 명이서 우르르 훈련장에 들어가고, 조금 앞으로 나선 메이플의 스킬 발동을 기다린다.

"잠깐 기다려 주세요! 어디 보자, 다음엔 그것도 할 거니까…… 응, 【퀵체인지】!"

메이플은 장비를 새하얀 갑옷으로 바꾸고 늘어난 HP를 회복한다.

"좋아! 시작할게요! 【구원의 잔광】!"

스킬 선언과 함께 주위의 지면이 빛나고 메이플의 등에 날개 네 장이 생기며, 이전과는 다른 천사의 고리가 머리 위에 출현한다.

"오오! 뭐야. 예쁜 스킬이잖아."

"뭐가 나올 줄 알았던 거니……."

"그 왜, 심해에는 엄청 이상하게 생긴 물고기도 많잖아."

얼마 전에도 촉수가 생긴 참이어서 다른 멤버들은 어떤 터무니없는 것이 튀어나올지 대비했는데, 순수하게 보기 좋은 스킬이어서 한숨 돌린 듯하다.

"이 범위에서 대미지 경감과 회복이 되고, 상태이상 내성도 올라가요!"

"효과는…… 【헌신의 자애】를 자주 쓰는 메이플은 필요 없을지도 모르겠네."

카나데도 메이플과 사리가 느낀 것과 똑같은 소감을 말했다. 【헌신의 자애】가 있으면 메이플 말고 다른 사람들이 대미지를 받거나 상태이상에 걸리지 않으니까 광범위 효과가 있어도 의미가 없어진다.

"하지만 메이플은 새로운 날개가 생겨서 기쁜 눈치인데?"

"그것도 그러네……. 그렇다면 가치가 있어."

효과를 다 설명하고, 메이플은 다음으로 모두에게 가까이 와 달라고 부탁한다.

"또 뭐가 있어요?"

"이게 전부가 아니다……라는 거죠?"

"그건 발동을 기대해! 위험하진 않아!"

모두가 메이플의 근처로 오자 【구원의 잔광】의 효과 범위에 다 들어온 것을 확인하고 또 하나의 스킬을 발동한다.

"후…… 【방주】!"

메이플의 스킬 선언과 동시에 지면을 비추는 빛이 강해지고,

몇 초 뒤에는 모두가 빛에 휩싸여 공중으로 둥실 떠올랐다.

"으헉?!"

"헤에, 재미있는걸. 저절로 떠올랐어. 시럽도 이런 느낌이려나?"

그렇게 모두가 공중으로 피난했을 때, 아래에서 물이 홍수가 난 것처럼 넘실거리고 엄청난 기세로 훈련장을 가득 채워 나간다. 설치된 허수아비도 거칠게 휩쓸리는 가운데, 길드 멤버들을 감싼 빛이 강해지고 눈앞이 새하얘진다.

그 직후에 잠깐 끌어당기는 느낌이 있는가 싶더니, 길드 멤버들은 물이 빠진 지상, 그러나 원래 있던 곳과는 다른 훈련장 벽 쪽으로 이동해 있었다.

"잘됐어. 성공!"

그렇게 말한 메이플의 등에서 날개가 사라지고, 다른 변화도 원래대로 돌아온다.

"괜찮아 보이는데."

"응. 모두와 함께 싸울 때 쓰면 좋을 것 같아!"

메이플은 동작을 확인한 다음에 스킬의 자세한 효과를 모두에게 설명한다. 【방주】는 【구원의 잔광】 발동 중에만 사용할 수 있고, 5초의 발동 대기시간 뒤에 부유해서 홍수로 공격하는 스킬이었다. 다만 공격은 어디까지나 보너스 같은 것으로, 메이플이 하고 싶었던 것은 이동이다. 공중에 떠오른 다음 20미터 가까이 되는 【구원의 잔광】 범위 중에서 임의의 장소로 효과를 받는 아군과 함께 전이하는 것이다.

【방주】를 쓰면 【구원의 잔광】 효과가 끊기지만, 메이플에게는 딱히 문제가 안 된다.

"그렇군……. 대기시간도 메이플의 방어력이 있으면 큰 빈틈이 안 되겠지."

"장해물 뒤에서 뒤로 날아가서 기습한다거나, 전투에서 물로 붙잡는 동안에 뒤를 잡는다거나…… 회피할 때도 쓸 수 있겠군!"

연발할 수는 없으니까 이것으로 메이플의 이동 능력이 개선되는 건 아니지만, 전투 중에 선택지가 늘어나는 것은 반가운 일이다.

홍수로 시야를 빼앗고 눈앞에서 순식간에 등 뒤로 전이했을 때, 상대가 이것을 처음 경험한다면 허를 찌를 확률도 높으리라.

"숨겨두면 잘 활용할 때가 생길지도 모르겠군. 처음 보면 혼란스럽겠는데."

"물도 대미지가 꽤 커요!"

"설치한 인형이……."

이동 쪽에 흥미가 있던 메이플에게는 그저 보너스 취급이지만, 홍수의 위력도 제법 괜찮다. 스킬을 시험하는 용도로 설치한 허수아비가 너덜너덜해지는 위력이라면 방어력이 낮은 상대에게는 큰 위협이 되리라.

"스킬이 하나 더 있으니까 기다려 주세요! 【반전재탄】!"

메이플은 스킬을 다른 스킬로 덧씌우고, 이번에는 모두에게 떨어지라고 지시한다.

【반전재탄】으로 변화하는 스킬이 【구원의 잔광】임을 모두가 눈치채서 시키는 대로 거리를 벌린다. 메이플에게는 효과가 작다고 해도, 변화 전의 스킬이 차원이 다른 것은 메이플의 외모 변화만 봐도 짐작할 수 있다. 그렇다면 변화 뒤의 스킬도 그만큼 차원이 다르리라.

"범위 밖으로 나가 주세요!"

"범위 밖으로?! 너무 넓은데?"

크롬이 놀라는 것도 당연하다. 【구원의 잔광】 범위는 【헌신의 자애】와 동등하게 매우 넓고, 그 범위에 있어서는 안 될 무언가가 생긴다면 매우 위험한 것이다.

"【멸살영역】!"

메이플이 선언하자 등에서 검은 날개가 펼쳐지고 머리 위에 검붉은 빛을 내는 고리가 출현한다.

파직파직 검붉은 스파크가 튀는 가운데, 검게 물든 지면에 똑같은 색깔을 띤 빛이 휘몰아친다. 그 몸에 두른 새하얀 장비조차 검게 물들고, 메이플의 분위기도 확 바뀌기 시작한다. 스킬 이름과 효과로 봐서 발을 들인 자는 무사히 넘어가지 않을 것 같다.

"메이플! 어떤 느낌이야?"

"그게 있지. 이건 이대로 들어온 모두에게 대미지를 주고, 상
태이상과 회복 효과 감소래!"

원래 스킬의 효과를 반대로 돌린 듯한 능력이지만, 신경이 쓰
이는 부분은 모두에게 대미지를 준다는 메이플의 말이다.

"모두? 아군도?"

"네⋯⋯. 그런 것 같아요."

이대로 발을 들이면 사리, 마이, 유이가 즉사. 다음으로 체력
이 적은 카나데와 이즈가 날아갈 것이다.

"그래도 대미지는 보고 싶군⋯⋯. 기왕에 훈련장에 있으니
까⋯⋯. 좋아. 이럴 때는 일단 내가 들어가 보려고 하는데."

"그렇군. 크롬이 얼마나 대미지를 받는지를 보면, 전투 중의
효력을 예상할 수 있겠지."

크롬은 정상급 방패 유저이므로 들어가서 바로 죽는 일은 없
겠지. 모처럼 시험한다면 피해도 확인하고 싶은 법이다.

"좋아. 들어간다."

크롬이 범위에 발을 들이자 몸을 휘감듯이 빛이 터지고 HP가
감소한다.

"메이플이 대미지를 줄 수 있으니까 공격력 의존은 아닌 듯
한데, 버티지 못할 정도는 아니군."

다만 일정 시간마다 대미지가 들어오는 패시브 스킬에 회복
방해 효과 때문에 HP가 점점 많이 줄어든다.

"어이쿠. 아무래도 쭉 여기 있을 수는 없겠군. 꽤 아픈걸."

"크롬도 대미지를 받는다면 실전에서도 써먹을 수 있겠지. 깔기만 해도 마법사는 피할 수밖에 없을 거다."

"아, 크롬 씨. 하나 더 시험해 보고 싶은 게 있어요!"

"응? 그래. 해봐."

"그러면, 【헌신의 자애】!"

메이플의 검은 날개 사이에서 새하얀 날개가 생겨 지면에 새로운 필드가 깔린다. 검붉은 스파크와 푸근한 빛이 훈련장을 환하게 밝히는 가운데, 메이플은 다시 크롬에게 그 위에 올라와 달라고 부탁한다.

"하긴, 이거면 되려나……?"

크롬이 다시 영역 안으로 발을 들이자 검붉은 빛이 또 덮치지만, 그것은 【헌신의 자애】를 통해 메이플이 대신 받는다.

크롬보다도 방어력이 훨씬 높은 메이플은 자신의 스킬을 무효로 만들고, 크롬에게 받아야 하는 피해를 없었던 것으로 만들었다.

메이플이라면 자신을 제외한 모두를 불태우는 영역을 전개하면서 아군을 지킬 수 있으니까 유리한 필드만을 적용할 수 있는 것이다.

"오, 이러면 문제없겠는데! 내가 아니더라도 안전하게 들어갈 수 있어."

"전략에 추가할게. 메이플을 마법사들 사이로 날리면 큰 피해를 기대할 수 있겠어."

"갑자기 날아오면 무섭겠네……."

"응. 놀랄 거야."

예전보다도 더 무차별 살육이 가능해진 메이플의 차후 성장을 기대하면서, 다음 대인전을 대비하여 비슷하게 강력한 스킬을 찾아 모두가 다시 탐색하러 나서게 되었다.

————————————————————————

870 이름 : 무명의 활 유저

수중 탐색이군요.

871 이름 : 무명의 창 유저

지금까지 거의 안 해서 힘들어.

【수영】도 【잠수】도 없는데?

872 이름 : 무명의 마법 유저

그나마 잠수복이 있어서 다행이야.

그리고 숨을 오래 참는 아이템도 있고.

873 이름 : 무명의 대검 유저

물속이니까.

전투도 느낌이 달라.

874 이름 : 무명의 방패 유저
사리는 이미 스킬 만렙이라서 자유롭게 헤엄쳐 다니던데.

875 이름 : 무명의 활 유저
지금까지 어디서 그렇게 헤엄칠 필요가 있었는데……?

876 이름 : 무명의 대검 유저
일단 꾸준하게 강화해야지.
느낌은 다르지만 수중전은 신선해서 즐거워.

877 이름 : 무명의 활 유저
물속에서 화살이 멀쩡하게 날아가서 다행이야.

878 이름 : 무명의 창 유저
그러고 보니 메이플은?
물속은 빡세지 않아?
스테이터스가 딸려서 수중전용 스킬도 배울 수 없고.

879 이름 : 무명의 방패 유저
즐겁게 잘 지내고 있어.
그런 걸 신경 쓰면 애초에 방어 올인이 안 됐겠지…….
그리고 아이템과 숨이 오래가는 잠수복으로 어떻게든 돼.

880 이름 : 무명의 창 유저
하긴 그러네.
즐겁게 잘 지낸다면 다행이야.

881 이름 : 무명의 활 유저
예전에 봤을 때는 제트스키로 사리랑 신나게 폭주하던데.

882 이름 : 무명의 마법 유저
이즈의 보급 라인이 너무 강해.
당연한 느낌으로 제트스키를 만드네.

883 이름 : 무명의 대검 유저
나도 타고 싶어.
시간이 지나면 우리 생산직도 만들 수 있을까? 기대되는걸.

884 이름 : 무명의 방패 유저
글쎄?
아이템은 잘 모르고, 공방은 가끔 구경하러 가는 정도니까.

885 이름 : 무명의 창 유저
미지의 기술로 아이템을 만든다고 들었어.

886 이름 : 무명의 마법 유저

다들 뭐 좀 발견한 거 있어?

887 이름 : 무명의 대검 유저

말했다시피 아직 강화 단계야.

게다가 우연히 레어 이벤트를 찾아도 숨이 막히면 울 수밖에 없어.

888 이름 : 무명의 마법 유저

하긴 그러네.

889 이름 : 무명의 방패 유저

보물찾기는 스킬과 장비를 갖추고 나서 해야지.

890 이름 : 무명의 창 유저

바로 다이빙해서 우연히 대박을 노리는 것보다는 성실하게 플레이하는 게 낫나.

891 이름 : 무명의 활 유저

그런데! 거기 방패 아저씨!

너희 길드는 바로 들어가서 뭔가 찾아낼 사람밖에 없잖아요!

892 이름 : 무명의 대검 유저
맞는 말이네.

893 이름 : 무명의 창 유저
성실하기만 해도 안 되나…….

894 이름 : 무명의 마법 유저
그딴 건 참고하지 마…….

895 이름 : 무명의 방패 유저
나도 따라갈 수 있게 힘낼게.

896 이름 : 무명의 마법 유저
힘내.
나도 뭔가 찾을 수 있게 노력할 거니까.
　우선 수중전에 익숙해지는 것부터…… 기동력으로 물고기
를 이기긴 어려워…….

897 이름 : 무명의 활 유저
메이플 같은 탄막이 없으니까.
파티를 짜서 머릿수로 대항하겠어.

898 이름 : 무명의 대검 유저
뭔가 보물찾기에 성공하면 이야기하러 올게.

899 이름 : 무명의 방패 유저
그래. 기대하마.

————————————————————————————————

　그리하여 미지의 스킬과 아이템, 던전을 찾아서, 플레이어들
은 각자만의 방식으로 물속으로 잠수했다.

5장 방어 특화와 로스트 레거시.

　장소는 바뀌어 현실 세계. 햇빛이 따가워져 여름이 되었음을 실감하는 가운데, 카에데는 아직 비교적 시원한 아침 통학로를 걷고 있었다

　"아, 안녕. 리사."

　"안녕. 카에데. 더워졌네."

　"아하하, 벌써 여름이야."

　시간이 너무 빨리 가서, 두 사람이 게임을 시작한 지 1년 반 정도가 지났다.

　이야기하면서 학교로 가는 길을 걷자 서서히 공통의 화제, 게임 이야기로 넘어간다.

　"다음에는 『로스트 레거시』에 관한 정보를 찾으러 가야지."

　"우웅…… 어디 있을까?"

　"천천히 찾아볼 수밖에 없지만, 조건 아이템을 구하면 다른 사람보다 앞서니까 말이야. 그 왜 있잖아, 아이템의 존재를 모르면 가도 그냥 지나칠지도 모르고."

　두 사람은 로스트 레거시라고 하는 이름에서 기계와 관련이

있을 것으로 짐작하지만, 애초에 아이템이 없는 사람은 탐색 장소를 좁힐 수도 없다.

"7층 이벤트 때 입수한 거긴 한데……."

"8층에 있을 거야. 지난번 이벤트 자체가 8층과 엮인 이벤트란 느낌이었으니까."

"응. 전체적으로 물 느낌이 나던걸."

"여름도 왔으니까 시원하고 좋았나?"

"8층도 있기만 하면 시원해져."

"그렇지……. 어느새 8층이네."

"자꾸 늘어나!"

"8층 업데이트에 맞춰서 이전 층에도 이벤트가 추가되었으니까, 다음에 한번 구경하러 가도 좋을지도 몰라."

카스미가 테이밍 몬스터 획득의 계기를 4층에서 발견했을 때처럼, 이벤트는 나중에 추가되는 경우도 있다.

물론, 최신 지역에 관련된 것도 많지만, 층마다 독립된 완전 신규 이벤트도 있다.

"아직 찾아내지 못한 것도 많을 테니까, 탐색할 곳이 너무 많아서 시간이 진짜 부족해."

레벨을 올리면서 탐색도 한다면 시간이 무한정 필요해진다. 각층은 그만큼 넓고, 이벤트도 늘어난다면 당연한 일이다.

"굉장해. 할 일이 엄청 많아! 으으…… 내년엔 시간이 없을 거니까."

"내년……. 그러네."

두 사람은 아직 학생이고, 내년은 특히나 집중해서 공부할 필요가 있다. 카에데의 말은 지당하며, 리사 역시 딱히 성적이 떨어지지 않아도 또 공부하란 소리를 듣겠지.

"뭐, 그것도 아직 나중 일이니까."

"그러네!"

지금은 아직 여름이다. 그것은 조금 더 나중에 의식해도 상관없으리라.

"게다가 카에데는 지금도 공부하는 걸 빼먹지 않으니까. 괜찮지 않을까?"

"그럴까? 그러는 리사는 괜찮아……?"

"이래 보여도 그때 이후론 잘하고 있어. 나도 유지 중이야."

"오오! 그러면 안심이야."

"후후, 지금은 게임에 전념할 수 있어."

두 사람은 그렇게 이야기하며 학교로 걸음을 옮긴다. 카에데는 다음에 어떤 이벤트와 만날지 즐겁게 상상하면서, 리사는 그런 카에데를 보며 앞으로의 일을 생각하고, 둘이서 교실로 들어갔다.

순조롭게 새 스킬을 얻는 데 성공한 메이플과 사리는 다음 스

킬을 찾고자 하루하루 제트스키로 물 위를 달리고 있었다.

잠수복이 강화되면서 진입이 제한되는 장소는 사라졌지만, 이제야 출발선에 선 것에 불과하다. 탐색할 곳은 아주 많다.

"물론 우선순위가 있지만, 결국에는 전부 뒤지는 거에 가까워."

"물에 빠진 기계가 많으니까."

다음 목표는 『로스트 레거시』가 쓰이는 곳을 찾아내는 것이다. 아이템 이름으로 예측해서, 여기저기 물에 잠긴 기계와 옛 문명의 흔적을 중심으로 탐색하고 있지만, 아직 그럴싸한 이벤트나 던전은 찾지 못했다.

"벌써 많은 데를 가 봤는데…… 찾기 너무 힘들어."

"오늘은 꼭 찾으면 좋겠네. 여기도 꽤 그럴싸한 곳이야."

사리는 제트스키를 세우고 메이플에게 물속을 보라는 듯이 말한다. 시키는 대로 수면에 얼굴을 댄 메이플이 본 것은 저 멀리 아래의 지면에 생긴 거대한 균열이다.

맑고 투명한 물속에서는 멀리서도 그 주변을 헤엄치는 몬스터 여러 마리가 보이는데, 균열 안쪽은 깊은 곳은 어둡고 짙은 파란색이어서 내부 상황을 알 수가 없다.

"푸하……. 사리! 저기 안이야?"

"맞아. 일찍 가 보고 싶었지만, 안에서 공기가 빨리 줄어든다고 해서."

"그래서 지금까지 안 갔구나."

사리는 그렇다 쳐도 잠수복으로 수중 활동 시간을 확보한 메이플은 강화해서 성능을 높이지 않으면 탐색하기 어렵다.

"바닥이 얼마나 깊은지 모르고 해서 아직 뭔가 있다는 소식은 없어. 기본적으로 어두우니까 뭐가 있어도 놓치기 쉽고, 차근차근 탐색할 수도 없으니까."

"으으, 진짜 힘들 것 같아."

"좋은 걸 건지면 좋겠는걸."

"응!"

두 사람은 이즈의 아이템을 쓰고 잠수복도 단단히 입은 다음 제트스키를 집어넣고 물속으로 뛰어든다.

"입구까지도 몬스터가 꽤 많아. 메이플, 부탁해도 돼?"

"맡겨줘! 【전 무장 전개】!"

숫자가 많을 때는 사리보다 메이플이 적합하다. 메이플은 병기를 전개하고 아래를 향해 잠수한다. 그리고 몬스터들이 사정권에 들어왔을 때 단번에 공격을 개시했다.

물을 가르고 쏟아지는 탄환과 레이저의 빗발은 아직 메이플을 공격 대상으로 인식하지 않던 몬스터를 차례대로 꿰뚫고, 큰 대미지를 준다. 공격받아서 메이플에게 반격하고자 몸을 틀지만, 먼저 위에서 진을 치고 사정권에 몬스터를 넣은 메이플이 압도적으로 유리하다는 사실은 변하지 않는다.

가까이 가면 탄막이 촘촘해지니까 스스로 죽으러 달려드는 셈이지만, 가만히 있어도 벌집이 된다.

"역시 상대가 안 되네…….."

"이 정도라면 괜찮아! 그건 됐고, 서두르자!"

"응. 괜히 시간을 쓸 여유는 없어."

그리하여 메이플과 사리는 몬스터를 격파하면서 잠수하고, 무사히 균열 입구에 도착했다. 지금의 두 사람이라면 일반 필드에 있는 몬스터 정도에 당하지 않는다.

"오오…… 깊어."

일반적인 물속에서는 생각할 수 없는 일이지만, 아래의 거대한 균열에서 더 깊은 곳은 짙은 파란색 물감을 푼 것처럼 어두운 색이다. 지금까지 맑고 투명한 물속과는 다르게 앞이 하나도 안 보이고, 수중 신전의 숨겨진 루트보다 어두울 정도다.

"가자. 평소보다 공기가 빨리 줄어드니까 조심해."

"알았어!"

두 사람은 헤드라이트를 켜고 균열에 한 발짝 들어선다.

그러자 어둠에 발이 쑥 들어가고, 바닥이 없는 느낌이 들면서 두 사람의 몸이 어두운 물속으로 가라앉기 시작한다.

"굉장해. 밤에도 이렇게 어둡진 않아."

"진짜로 너무 어두운걸. 헤드라이트가 비추는 곳 말고는 뭐가 있어도 모르겠어."

이렇게 어두우면 조금만 긴장을 풀어도 옆에 있는 메이플과도 멀어질 것 같다.

"그러면…… 이렇게, 【헌신의 자애】!"

메이플이 스킬을 발동하자 빛이 넘치며 등에 하얀 날개가 출현한다.

"이러면 사리도 지키고 표식도 돼!"

"오오, 일석이조네."

얼마 전에 메이플이 표식이 된 것은 폭탄을 안고 하늘에 올라 갔을 때라서, 그것과 비교하면 매우 건전한 표식이다.

"그리고 뛰어든 위치에서 보면 뒤가 벽일 테니까 그걸 따라서 내려가자. 그러면 라이트로 안 보이는 뒤에서 기습당하는 걸 막을 수 있을 거야."

"응! 그러자!"

사리도 경계하겠지만, 위험을 줄여서 손해 볼 일은 없다.

"몬스터도 달라질 테니까 조심해. 어둠을 잘 이용해서 공격할 거야."

"오케이! 다가오면 공격하자!"

모습이 보이지 않아서 아까처럼 원거리 병기 공격을 먼저 날릴 수는 없지만, 그것이 꼭 메이플과 사리의 주특기인 것은 아니다. 두 사람은 뒤에서 싸우는 마법사가 아니라 원래는 접근전이 주특기다. 【헌신의 자애】도 전개한 이상, 다가오게 두는 것은 나쁜 일이 아니다.

"진짜 캄캄해……."

"한복판으로 들어가면 뒤에 벽도 없으니까 어디를 보고 있는지 모르게 될 것 같아."

"사리처럼 싸우려면 잘 움직여야 하니까."

물속에 있는 것을 이용해서 입체적으로 움직여 몬스터를 몰아칠 수는 있지만, 이토록 어두울 때는 자기 위치를 정확하게 파악하지 않으면 잠수한다고 생각하면서 부상하는 일도 생길 것 같다.

"보스라든지…… 터무니없는 몬스터가 나오지 않는 이상, 전투는 최대한 피할게. 그만큼……."

"응. 맡겨줘!"

"고마워. 무시할 수 있는 몬스터는 무시하고 가도 돼. 경험치를 원하는 것도 아니니까."

"알았어!"

원하는 것은 경험치가 아니라 공기이므로, 불필요한 전투는 피해서 바닥으로 향한다.

그렇지만 균열은 깊고 폭도 넓다. 다만 벽 쪽에는 몬스터가 배치되지 않았는지, 두 사람은 아무것도 마주치지 않고 한동안 내려간다.

"정말로 내려가는 게 맞을까?"

"가라앉은 감각은 있으니까 괜찮아……. 아마도."

이토록 어두우면 제자리에서 움직이지 않는 것처럼 느껴지는데, 그런 두 사람이 보는 데서 헤드라이트와는 다른 파란 불빛이 불쑥 나타나는 것을 보고 이야기가 바뀐다.

"오. 역시 멀쩡하게 이동한 것 같네."

"아이템? 이벤트일까?"

"움직임은 없지만…… 메이플."

"왜?"

사리가 뭔가를 말하자 메이플은 그 뜻을 이해한 듯이 고개를 끄덕였다.

"하긴…… 잘 안 보일 때는 신중하게 해야지!"

"응. 우리에게 불리한 상황이니까, 서로 챙길 수 있다고 보장할 수 없어."

어디까지나 신중하게, 무슨 일이 생기면 물러나는 것을 의식하고, 두 사람은 함께 빛이 있는 곳으로 다가간다.

그리하여 빛에 손이 닿는 데까지 도달한 순간, 아무것도 없었던 어둠이 흔들리고 헤드라이트가 날카로운 이빨을 비춘다.

"메이플!"

"응!"

두 사람이 잽싸게 물러나자 조금 전까지 있었던 곳을 삼키듯 벌어졌던 아가리가 닫힌다.

"역시 미끼였어."

"사리의 예상이 맞았네!"

어둠에 완벽하게 숨은 것도 스킬 덕분인지, 한번 입을 열면서 그 모습이 뚜렷하게 보이게 되었다. 어둠은 여전하지만, 불쑥 나타난 것처럼 윤곽이 뚜렷해지고 있다.

"초롱아귀 같은 느낌?"

"모티브는 그게 맞을 거야. 보이면 우리가 유리해."

사리는 물을 차고 가속하더니 단번에 접근해 큰 몸의 측면으로 돌아가 두 자루 단검으로 벤다. 숨어서 상대를 기다리는 스타일인 만큼, 초롱아귀의 움직임은 굼떠서 사리의 기동력에 전혀 따라가지 못한다.

"【포신 전개】! 【공격 개시】!"

그런 움직임으로 메이플의 탄막에서 도망칠 수는 없어서 차례차례 쏟아지는 총탄에 몸을 꿰뚫리고, 다음 행동에 나서기도 전에 빛이 되어 소멸했다.

"나이스 메이플!"

"이 정도는 괜찮아!"

"이상한 게 보이면 꼭 조심하자. 의태 상태로 기다릴지도 몰라. 아까 그건 또 낚이지 않겠지만."

"이미 아니까."

"그것과는 다르게 그냥 접근하는 것도 있을지도 모르니까 경계하자."

"네-!"

그 뒤로 한동안 잠수하지만, 처음에는 덤벼드는 몬스터에 놀라긴 했어도 모습을 본 뒤로는 일방적인 전투가 벌어졌다.

두 사람의 전투 능력은 높은 수준에 해당해서 어둠을 이용한 첫 일격이 안 먹히면 은신에 의존하는 빈약한 스테이터스가 약점이 된다. 그래도 사리의 경계를 뚫고서 메이플에게 대미지를 줄 정도로 공격하기는 매우 어려운 일이므로 어쩔 수 없기도 하지만.

"순조롭게 진행하고는 있지만…… 음."

"바닥에 전혀 닿지 않네."

"공기는 괜찮아?"

"줄어들긴 했지만, 이즈 씨의 아이템과 잠수복 덕분에 괜찮을 것 같아!"

"공기가 반이 되기 직전에 말해. 돌아가는 마법진이 있다는 보장도 없으니까……."

"응!"

지금은 경계하면서 잠수하니까 수면으로 돌아가는 것만 생각하면 부상하는 시간이 더 짧겠지만, 그래도 뭔가 일이 생겨도 돌아갈 수 있는 여유를 가지고 잠수하는 것이 더 안심된다.

그렇게 한동안 더 잠수하고. 어두운 물속이지만, 메이플의 【헌신의 자애】의 빛이 밝히는 높고 큰 바위가 쭉 늘어선, 바위의 숲 같은 장소가 눈앞에 펼쳐졌다.

"바닥에 보이기 시작한 걸까?"

"뒤에 벽 말고도 물이 아닌 게 보이기 시작했어!"

눈앞에 펼쳐진 바위는 바닥이 보이지 않지만, 여기까지 오면서 없었던 것이다. 만져 보면 정말로 지면과 이어진 것처럼 꿈쩍도 안 한다. 이 바위가 신기한 힘으로 떠 있는 것이 아니라면 물 밑바닥도 금방 나오리라.

"……! 메이플, 이쪽!"

슬슬 끝이 보이기 시작했다며 메이플이 한숨 돌리던 차에 사리가 그 손을 잡고 바위 뒤로 끌어당긴다.

"무, 무슨 일이야?"

"뭔가 있어……."

사리가 하는 말이라면 틀림없을 거라며 메이플은 잽싸게 【헌신의 자애】를 푼다. 실제로 몬스터가 빛으로 감지할지 확인해 보기 전에는 알 수 없지만, 들킬 가능성을 줄이는 게 좋다는 건 메이플도 잘 알았다.

다시 어둠이 깔리는 가운데, 바위 뒤에서 얼굴을 조금 내민 두 사람은 어둠 너머를 응시한다.

짙은 어둠 너머, 바위 밀림 사이를 빠져나가듯 창백한 빛이 슥 지나간다. 그 빛 속에서는 사냥감이 없는지 주변을 살피며 천천히 움직이는 눈이 보였다.

헤엄치는 거대한 무언가. 그것은 일반적인 몬스터와 왠지 다르게 느껴졌다.

"몸집이 컸어……."

"들키지 않게 가자. 아마도 전투하는 상대가 아닐 거야. 보스보다는…… 기억해? 제2회 이벤트 때의 달팽이 같은."

"앗! 해치우지 못하는 달팽이 말이구나?"

"맞아."

단순히 강한 몬스터라면 싸울 수 있지만, 해치울 방법이 없다면 이야기가 달라진다.

"한순간이라서 HP 막대가 안 보인 걸지도 모르지만, 애초에 시간에 여유가 없으니까 전투는 피하자."

"응! 숨으면서 가야겠네!"

"딱 봐도 그렇게 하라는 지형이니까. 다가올 때는 내가 감지할게."

"알았어. 맡길게."

"응. 맡겨줘."

숨을 바위가 여러 군데 있는 장소라면 숨으면서 탐색하기 쉽다. 첫눈에 접근을 눈치챈 사리가 있다면 존재가 알려진 지금, 몰래 접근하게 두는 일은 거의 없다.

어슬렁거리는 거대 물고기를 새로운 경계 대상으로 추가하고 다시 조금 잠수하자 예상대로 물 밑바닥에 도달할 수 있었다. 여기서부터는 뭐가 없는지 찾아다녀야 한다. 하지만 공기에 여유가 있는 것도 아니므로 남은 양을 항시 의식할 필요가 있다.

"안으로 가도 괜찮을까?"

"계속 벽을 따라서 가도 소용없으니까. 그렇게 하자."

두 사람은 늘어선 바위 사이로 들어간다. 사리는 몬스터를 경계하고, 메이플은 아이템이나 이벤트 같은 게 없는지 신경 쓰면서 【커버】로 갑작스러운 공격에 대비한다.

"오른쪽에 있어⋯⋯."

"그러면 이쪽이구나."

짙은 어둠 속에서도 초롱아귀 때처럼 완벽하게 위장하지 않으면 미세한 변화가 나타나는 법이다. 하지만 메이플은 그것을 감지할 수 없으니까 사리의 수색이 아무나 할 수 있는 재주가 아님은 확실하다.

들키면 무슨 일이 생길지 모르니까 전투를 피하고 있지만, 한편으로 그것은 탐색 속도의 저하를 초래한다.

어쩔 수 없는 일이지만, 제한시간은 시시각각 다가오고 있었다.

"메이플, 뭔가 안 보여?"

"틀렸어. 안 보여⋯⋯. 넓고 어두워서 어디 있는지도 모르겠어."

평소와는 다르게 전망이 안 좋아서 바로 근처를 지나가지 않으면 뭐가 있어도 놓칠 것이다.

"번거로워도 여러 번 잠수할 수밖에 없나⋯⋯."

"그래도 진짜 보물찾기 느낌이야!"

"그것도 그런가. 그래. 보물이 걸릴 때까지 해보자. 이렇게 규모가 큰데도 아직 특별한 소식이 없으니까, 아무것도 없지는 않을 거야."

이 어둠 속에서는 발생 조건이 있는 숨겨진 이벤트가 아니더라도 애초에 숨겨진 것이나 다름없다.

더 있으면 뭔가 발견될지도 모르지만, 자신들이 직접 찾아내는 즐거움도 확실하게 있다. 메이플이 그것을 즐긴다는 사실에, 사리는 아주 조금 미소를 띠었다.

"그래도 이번엔 조금만 더 갔다가 돌아가자. 도중에 얼마나 전투가 있을지 모르고, 예측하지 못한 일은 얼마든지 일어나는 법이니까."

"응. 그러자. 잠수복을 더 강화해야지……."

강화가 거의 끝난 잠수복은 거의 최고 성능이지만, 아직 조금 더 강화할 여지가 있다. 일반적인 필드를 헤엄칠 때는 지금 상태로도 전혀 문제가 없지만, 앞으로도 이곳에 잠수할 것이라면 활동 시간을 조금이라도 더 늘릴 필요가 있다.

메이플의 공기를 확인하면서 조금만 더 탐색해 보지만, 딱히 뭔가 찾아내는 일 없이 제한시간이 찾아온다.

"으으, 아쉬워."

"또 오면 돼. 메이플은 운이 좋으니까 다음엔 찾을지도 몰라."

"그럴까? 찾으면 좋겠어!"

"이제 부상하자…… 잠깐만!"

부상하려던 차에 바위 너머에서 커다란 그림자가 모습을 드러낸다. 사리는 서둘러 메이플을 데리고 바위 뒤에 숨지만, 하필이면 탁 트인 곳이었던 탓도 있어서 미처 숨지 못하고 거대 물고기의 낌새가 변했다.

"사리, 사리, 눈빛이 노란색이 되었어."

"경계 모드……? 직접 공격하지 않으니까 다행인가……."

"신호등 같은 느낌이라는 거야?"

"대충 그럴걸. 그런 식으로 위험도가 표시되는 것도 꽤 있으니까. 저게 빨개지면 위험할지도 몰라."

"알았어……."

메이플과 사리는 소곤소곤 이야기하며 거대 물고기의 눈이 원래 색으로 돌아가 어디론가 사라지기를 기다리는데, 그런 낌새가 보이지 않는다. 이러는 동안에도 메이플이 안전하게 부상하기 위해 여유를 남겼던 공기가 줄어든다. 이러한 상황을 상정해서 여유를 두고 탐색한 것이 두 사람을 살린 셈인데, 상황이 나빠지는 지금은 기쁘지 않다.

"진짜 안 가네."

"인내심 대결을 할 여유는 없는데…… 막무가내로 탈출하거나, 다른 걸 시험해 보거나……."

생각하는 사리의 옆에서 메이플도 스스로 뭔가 쓸만한 스킬이나 아이템이 없는지 생각한다.

"사리."

"뭔가 생각났어?"

"일단 완전히 사라지면 포기해 주지 않을까?"

"음. 가능성은 있겠지만, 어떻게?"

"이거! 시럽의 【대지의 요람】!"

두 사람은 지금 균열의 밑바닥에 와 있다. 8층에서는 드물지만, 여기라면 서 있는 지면에서 땅속에 파고드는 스킬을 쓸 수도 있다.

"시험해 봐도 될 것 같아. 안 되면 그걸로 끝. 여기를 탐색하면서 꼭 쓰고 싶은 스킬인 것도 아니니까."

어차피 이번에는 여기서 철수하니까 쓸 수 있는 스킬은 써 버려도 문제없다.

"알았어! 시럽, 【각성】, 【대지의 요람】!"

스킬 선언과 동시에 두 사람은 땅속으로 파고든다. 이것으로 거대 물고기의 시야에서 완전히 피할 수 있지만, 스킬의 효과가 끊길 때까지는 어떻게 될지 모른다.

"잘될까?"

"글쎄. 잘되면 좋겠는데."

잠시 후 스킬 효과가 끝나고, 원래 있던 물속으로 내보내진다. 원래 위치로 튀어나온 메이플과 사리는 바위에 몸을 기대고 어떻게 됐는지 거대 물고기를 확인한다. 그러자 여전히 어둠 속에 드러난 노란색 빛이 보였다.

"으으, 틀렸네."

"시간이 지나야 풀리는 것 같아. 메이플, 공기는 앞으로 얼마나 더 버텨?"

"꽤 줄어들었으니까, 어디 보자…… 어라?"

"왜 그래?"

"회복했어, 사리!"

"어, 진짜?"

사리가 메이플의 공기를 확인해 보니 진짜로 공기가 모두 회복했다. 그것을 보고 혹시나 하는 마음에 본인의 공기도 확인한다.

"나도 회복했어."

"그래?"

"거기, 물 밖일까?"

짚이는 구석은 땅속에 숨어든 것이다. 땅에 발을 댄 상태로 이 스킬을 발동하고 싶은 상황이 없어서 몰랐지만, 가능성은 그것밖에 없다.

"이거면 더 잠수할 수 있어!"

"예상 밖이지만, 기쁜 오산이라면 환영해. 그러면 조금만 더 상황을 볼까."

"그러자!"

메이플의 공기 문제를 해결해서 한동안 여기서 더 상황을 봐도 상관없게 되었다.

그런 이유로 경계가 풀릴 때까지 가만히 제자리에서 거대 물고기의 상태를 보자 눈빛이 파란색으로 돌아가고, 예전처럼 순찰하러 간다.

"오오!"

"갔어. 휴…… 포기해 줬나 봐."

"그러면 탐색을 계속해야겠네!"

"공기도 회복했고, 여기 다시 오는 것도 번거로우니까. 갈 수 있는 데까지 가 보자."

그리하여 메이플과 사리는 우연한 공기 회복을 거쳐 더 앞으로 나아갔다.

바위의 숲을 빠져나가서 모래가 깔린 물 밑바닥에서 바위 뒤에 숨고 아까만 해도 돌아다니던 거대 물고기가 이쪽으로 오지 않았는지 경계하지만, 아무래도 영역은 아까 암석 지대인 듯, 한동안 기다려도 파란 눈빛이 돌아오는 일은 없었다.

"휴. 이러면 더 오지 않으려나."

"들키면 어떻게 되는 걸까?"

"몰라. 하지만 좋은 일은 생기지 않을 것 같았어. 궁금하면 시간이 지나고 나서 같이 정보를 찾아볼래? 들키면 어떻게 되는지 누가 적을지도 몰라."

"그렇구나."

"직접 찾아보는 것도 즐겁고, 다른 사람들에게 어떤 일이 있었는지 찾아보는 것도 재미있어."

"다음엔 그런 느낌으로 보러 갈까?"

메이플이 정보를 볼 때는 필요한 스킬을 얻는 방법이나 어디에 있는지를 슬쩍 조사할 때밖에 없고, 그것 말고는 잘 보지 않는다.

"즐기는 방법은 여러 가지가 있으니까."

"그러면 처음에는 그런 걸 잘 아는 사리한테 물어봐야지."

"응. 예상 밖의 일이 일어나는 이벤트나 던전 이야기를 찾아둘게."

아무튼 미지의 위협이 사라진 것도 있어서, 두 사람은 평화로운 분위기로 어두운 물속을, 헤드라이트로 밝힌 모래밭을 걷는다.

"아까랑 다르게 탁 트인 곳이니까 여기라면 뭐가 있어도 잘 놓치지 않으려나."

기습당하기 어려운 환경이기도 해서 사리도 이벤트 탐색에 집중할 수 있다. 그렇다면 헤드라이트가 닿는 범위에서 무언가를 놓칠 가능성은 작다.

"딱히 아무것도 없는 것 같은걸?"

"그러네. 놓치진 않았을 텐데……?"

"사리?"

바닥을 걷던 사리는 발끝에서 희미한 진동을 느끼고 멈추고, 조금 뒤에 이를 눈치챈 메이플이 뒤돌아본다.

"무슨 일…… 어어?!"

그 직후에 메이플을 삼키듯이 모래가 솟구치고, 모래 속에서 곰치처럼 생긴 기다란 물고기가 모습을 드러낸다.

"아무것도 없는 건 아니었네……!"

"괜찮아! 대미지는 없어!"

"오케이! 하지만 또 올 거야!"

위로 솟구쳐 헤엄친 곰치에게 물린 메이플의 위치를 헤드라이트로 파악하고, 어둠 속으로 말을 건다.

그 직후에 여기저기서 모래가 솟구치고 두 사람 정도는 가볍게 삼킬 거대 곰치가 대량으로 나타난다.

"거참…… 전부 덩치가 크잖아."

메이플과는 거리가 멀어져서 반쯤은 위로, 나머지는 사리가 있는 쪽으로 오고 있다. 어둠 속이라서 정확한 숫자는 파악하지 못하지만, 사방에서 접근하는 것은 알겠다.

"할 수 있다면 따라와 봐!"

사리는 모래를 차고 단숨에 부상하더니 집중력을 키워 쇄도하는 곰치의 커다란 아가리를 아슬아슬하게 회피한다. 날카로운 이빨이 달린 아가리에 물리면 버틸 재간이 없지만, 피하면 커다란 몸뚱이가 빈틈을 만든다.

"하압!"

위아래로 자유롭게 움직이기 쉬운 물속 환경을 활용하고, 사리는 입가에서 몸 끝까지 측면을 따라가듯이 단검으로 베며 지나간다.

"크게 먹혔겠지……? 다음!"

사리에게 공격하려고 할 때마다 기다란 몸에 두 줄기 빨간 선이 생기고 대미지 이펙트가 터진다.

"숫자는 많지만, 그걸 믿고 동작이 크니까 무섭지 않아!"

짙은 어둠을 이용해도 그것만으로는 사리를 붙잡을 수 없다. 모두가 동시에 공격하면 조금은 기회가 있었겠지만, 곰치는 그렇게 가장 적절한 움직임을 취할 수 없다.

그러는 사이에 짙은 어둠을 가르고 빨간 레이저가 대량으로 지면에 쏟아진다.

"바닷속에서도 비는 내리네……. 레이저지만."

곰치가 높은 위치로 메이플을 끌고 가는 바람에 메이플이 유리한 위치를 차지한 것이다. 지면을 향해 날리는 레이저가 위에서 메이플에게 몰려가던 곰치를 태우며 바닥으로 날아온 것이다.

끊기는 일 없이 계속되는 레이저 호우는 곰치의 온몸을 태우고 대미지를 준다.

아군인 사리 말고 이 영역에 있는 생물이 허용할 수 없는 대미지에 노출되는 것이다.

"이거라면 피하기만 해도 충분하지만!"

메이플에게 다 맡겨도 이 곰치들 정도는 다 해치울 테지만, 【기계신】의 병기도 유한하다. 균열이 얼마나 계속될지, 어떤 적이 나올지 모르니까 사리가 놀지 말고 대미지를 주어야 하는 것에는 의미가 있다.

정작 중요한 때 탄이 바닥나면 곤란하다.

사리는 단검으로 베면서 대미지를 축적하고, 메이플은 위에서 광범위로 무차별 공격을 해서 덤벼드는 곰치들의 총 HP를 팍팍 깎는다.

숫자가 줄어들려면 시간이 걸리겠지만, 그것은 큰 문제가 아니었다.

그렇게 한동안 레이저에 많이 맞은 개체부터 HP가 다 떨어지고, 빛이 되어 사라지기 시작한다. 특정 개체를 노려서 공격하는 것이 아니라서 HP는 대체로 균등하게 줄어들고, 한 마리의 죽음을 시작으로 곰치가 차례대로 목숨을 잃는다.

몬스터가 죽을 때 생기는 빛이 어둠을 밝히는 가운데, 꽤 높이 있었던 메이플의 헤드라이트 위치가 내려온다.

"어서 와. 나이스 대미지."

"잘 맞아서 다행이야. 잘 보이지 않아서 불안했어."

"몸집이 커서 우리한테 유리했어."

"응! 와…… 역시 그만큼 해치우면 엄청나네."

차례대로 사망 이펙트가 사라지지만, 거대하고 숫자가 많아서 아직 반짝반짝 빛이 떨어지는 참이었다.

"마린 스노우 같아."

"아, 그거 들어 본 적 있는 것 같아!"

"아무리 그래도 진짜는 이런 게 아니겠지만."

"더는 안 나오겠지?"

"이 근처에는 없지 않을까? 전부 튀어나온 느낌이니까."

사리의 예상대로 있는 게 전부 덮쳐든 듯하다. 그 위협을 전부 제거한 지금, 당분간은 조용함이 약속된 셈이다.

"이 근처에는 뭔가 더 있을 것 같지 않으니까, 조금 더 가자."

"뭔가 가라앉은 게 없을까?"

"자세히 찾아볼 수밖에 없어."

"힘내자!"

메이플은 좌우를 계속 확인하고 뭔가 떨어진 게 없는지 확인하며 사리의 앞을 걸었다.

여전히 경치가 전혀 바뀌지 않는 물속을 나아가는 두 사람은 도중에 공기를 회복한 덕분에 처음 예상했던 것보다 더 넓은 범위를 탐색했다.

"얼마나 헤엄쳤을까?"

"지도를 보면 마침 균열의 한복판에 닿은 참이야. 거의 일직선으로 왔으니까 구석이나 반대편 벽처럼 조사하지 않은 곳이 많지만."

잠수해 봐야 아는 사실이지만, 물 밑바닥은 여러 종류의 지형이 이어져서 만들어졌고, 두 사람이 통과한 암석지대나 모래밭처럼 특징이 다른 곳이 있는 셈이다.

"모래밭은 아까 같은 기습이 중심인 구역 같으니까, 우리가 찾는 건 다른 상소에 있을까?"

"모래만 있었으니까."

"묻혔을 가능성도 있지만, 그건 찾을 방법이 없으니까."

아무런 표식이나 확증도 없이 넓은 모래밭은 파헤치는 것은 전혀 효율적이지 않다. 없는 것을 증명하기란 어렵고, 한도 끝도 없기 때문이다.

"몬스터는 어떻게든 됐어!"

"후다닥 지나가자. 비밀을 알면 아래에서 기습하는 것도 무섭지 않고, 경험치나 드롭 아이템을 원하는 것도 아니니까."

모래밭 구역에는 볼일이 없다며 두 사람은 바닥에서 튀어나오는 몬스터를 격퇴하며 모래밭이 끝나는 곳으로 갔다. 조금 앞을 비추는 헤드라이트는 또다시 바위처럼 단단한 지면을 드러내게 한다.

"또 바위 같은데?"

"지도를 보면 실수로 돌아간 게 아니니까 아까와 다른 곳이야. 게다가 봐봐, 아까처럼 높은 바위가 없잖아."

"진짜야. 그러네."

"숨기 어려워졌으니까 아까 같은 건 여기 없겠지……. 애초에 난이도가 오른 거라면 다르겠지만."

"여기는 숨을 곳이 별로 없어서 힘들 것 같아……."

"뭐, 신중하게 가자. 또 공기가 줄어드니까."

"그래! 느긋하게 있으면 탐색할 수 없게 돼!"

너무 경계해도 소용없다며 두 사람은 새로운 구역을 헤엄친

다. 그러자 울퉁불퉁한 바위 말고 너덜너덜하기는 하지만 벽
돌 같은 것이 굴러다니는 것을 발견했다.

"사리, 사리! 이건 어때?!"

"물속에 잠긴 무언가가 있을 것 같아. 이 주변 탐색에 시간을
쓰지 않을래? 이동이 길어져도 수확이 적을 것 같으니까."

"찬성-!"

"여기에 어떤 몬스터가 있는지 아직 모르니까 옆에 있을게."

"그래! 열심히 지킬게."

"기대할게."

둘이서 새로운 단서가 없는지 탐색하다 보니 과거에 살던 사
람들의 흔적을 여러 개 찾을 수 있었다. 너덜너덜해졌지만 원
래는 튼튼한 재료를 쓴 것을 흔적으로 알 정도로는 그 형체를
유지하고 있다.

"여기에도 있어, 사리!"

"떨어진 것도 늘어났으니까, 이 구역의 중심부에 다가가고
있는 것 같아."

순조로워서 다행이다. 그렇게 여기저기 헤엄치는 메이플이
문득 전방에 헤드라이트를 돌리자 어둠 속에서 그 장소가 드러
났다.

"집이 있어!"

"너덜너덜하지만…… 진짜 집이네. 마을, 일까?"

그곳은 과거의 마을 입구였다. 라이트의 방향을 바꿔서 상태

를 보자 대부분 무너져서 건물임을 알아볼 수 있는 형체를 남긴 것은 적다. 다만 쌓인 잔해의 양은 이 마을의 규모가 제법 컸음을 알려주고 있다.

"들어가자!"

"응. 몬스터의 느낌도 없어."

여기까지 와서 안에 안 들어갈 이유는 없다. 모래밭 구역과 비교해서 그늘진 곳이 많아서 또 기습받지 않도록 조심하고 마을 안을 헤엄친다.

"들어갈 수 있는 건물이 있을까?"

"잔해 아래는 찾을 수 없을 거니까, 그쪽을 노려야지."

"후후후. 유적 탐색은 익숙해!"

"어어? 진짜?"

"그, 그렇지 않을까? 그래도 많이 했으니까!"

"응. 이전과는 비교도 안 될 정도로 탐색했어. 뭔가 있을 법한 분위기도 눈치챌 수 있을지도 몰라."

메이플의 직감에 따라서 돌아다니면 된다며, 사리는 탐색을 일임했다.

메이플도 의욕이 충분한 듯 먼저 근처 건물 안으로 들어간다.

문과 가구는 물론, 지붕도 없는 집터를 확인하지만, 안에는 딱히 아무것도 없다.

대부분 홍수에 잠겨 엉망진창이 되었음을 짐작할 수 있다.

"으으. 아무것도 없어."

"다음으로 가자."

"응. 계속 가자!"

조금 시험해 봐서 찾지 못해도 벌써 포기하지는 않는다. 찾고, 또 찾고도 아무것도 없을 때 철수하는 것이다.

기운차게 앞장서는 메이플의 뒤를 따라가며 사리도 뭔가 놓친 게 없는지 확인한다.

모처럼 여기까지 잠수했으니까 뭔가 가져가고 싶다. 메이플을 위해서도, 물론 사리 자신을 위해서도.

헤엄치며 돌아다녀도 몬스터는 없는 듯했다. 그렇다면 괜찮겠다며 조금 서로 거리를 두고 둘이서 효율적으로 탐색해 나간다. 물론 헤드라이트 불빛이 보이거나 목소리가 닿는 거리를 유지하고 있다.

"메이플! 뭐 없어?"

"있는 것 같아!"

"그래, 있구나…… 있다고?!"

아무렇지도 않고 돌아온 말을 그냥 흘리려던 사리는 헤드라이트 불빛을 표식으로 삼아 메이플이 있는 곳으로 향한다.

"그래서? 뭐가 있는데?"

"아, 사리. 이거!"

"이건…… 비석? 정말로 평범한 돌은 아닌 것 같은걸."

근처 건물 잔해가 무너지고 그것에 휘말린 상태가 된 비석은 주위 물보다도 어두운 검은색을 띠어서, 다른 잔해에서 보이는 돌이나 철과는 다른 분위기를 느끼게 했다.

"그리고 뭔가 적혀 있구나……. 이건."

"아마도 글자 같은데……."

잔해에 깎여서 완전히 남겨진 것은 아니지만, 검은 비석 표면에는 카나데에게 조금 배운 글자가 적혀 있다.

"사리, 읽을 수 있어?"

"뭐…… 조금은. 거의 모르겠지만."

"나도 그때 조금만 배워서…… 으으, 수업을 더 들을걸."

두 사람 모두 머리가 나쁘지는 않지만, 갑자기 미지의 글자를 외우는 건 불가능하다.

그런 것이 가능한 사람은 카나데밖에 없을 것이다.

"".............""

두 사람은 서로 얼굴을 보고 이것 말고는 방법이 없다며 메시지창을 열어서 문자를 입력하기 시작한다.

조금 기다리자 메시지를 보낸 카나데가 답장을 줬다.

『재미있는 걸 찾았구나. 읽는 건 아직 어려울 것 같으니까 도와줄게. 군데군데 빠진 것 같으니까 보충하며 번역하면, 마을 중앙에 뭔가 있는 것 같아. 중요한 건지 봉인해서 엄중하게 지키고 있대. 가 보는 게 어때? 즐거운 탐색 이야기를 기대할게.』

"답장이 빨라서 다행이야……. 그래, 봉인이 있구나."

"뭐가 있을까?"

봉인된 것이 무엇인지에 따라서 전투도 발생할 수 있다. 그렇다면 공기가 얼마나 남았는지가 중요해진다.

"메이플, 싸울 수 있겠어?"

"스킬은 많이 남았어! 공기도 괜찮을 거야!"

"그렇다면 얼른 마을 중앙으로 가 보자. 카나데한테는 고맙다고 말하고…… 됐어."

목적지도 정해져서, 마을 중앙으로 진로를 바꾼다. 주위 탐색은 일단 뒤로 미룬다.

원래부터 마을 중심은 꽤 번화해서 그런지, 중앙으로 보이는 장소에는 금방 도착했다.

"저걸까?"

"아마도."

그곳에는 똑같이 검은 돌로 만들어진 건물이 있었다. 다만 엄중하게 막은 것은 비석이 만들어진 먼 옛날인 듯, 물이 넘칠 때 부서졌는지 입구의 문이 비틀려 떨어지기 직전으로, 문의 기능을 다하지 못하고 있다. 이거라면 틈새로 안에 들어가 상태를 확인해 볼 수 있으리라.

"밖에서 봐서는 안이 딱히 넓을 것 같지 않으니까 들어갈까."

"이 근처 몬스터는 크니까 저렇게 좁은 데는 안 들어가겠지?"

설마 매복하고 있지는 않을 것이라며, 두 사람은 안으로 들어가 본다. 예상대로 딱히 뭔가 있지는 않고, 건물 안은 정적에 휩싸여 있었다.

안쪽 너비도 5~6미터쯤 되는 듯하고, 함정 같은 것은 보이지 않는다.

벽을 따라서 내부를 빙 둘러봐도 하나의 제단과 거기에 적힌 글자만이 있었다.

"우와……."

"끙. 도와줘, 카나데!"

지금부터 임시 수업을 들어서는 아무리 애써도 늦으니까 선생님을 호출할 수밖에 없다.

카나데로서도 글자가 쓰인 곳이 한 군데만 있지는 않을 것으로 예상했기에 잠시 후면 두 사람에게 추가로 뭔가 메시지가 올 것으로 예상했다. 답장은 금방 돌아왔다.

"어디 보자. '각각의 벽에 대응하는 속성 마법을 쏴라.' 래!"

"여기 적힌 게 그런 내용이구나……. 이건 내가 할게. 메이플은 그런 마법이 없으니까."

메이플은 독 마법만 멀쩡하게 쓸 수 있어서 이 기믹을 어떻게 할 수 없다. 아이템으로 조건을 맞출 수 있을지도 모르지만, 이번에는 사리가 있으니까 그런 것을 생각하지 않아도 된다.

사리는 모든 마법을 문제없이 사용할 수 있다. 기믹을 푸는 데는 충분하다.

"【파이어 볼】!"

사리가 마법을 준비하고 벽을 향해 쏜다. 그것은 벽에 명중하자마자 터져서 소멸하고, 그 대신에 빨간 마법진이 드러났다.

"오오! 성공한 거 아닐까?"

"그러게. 다른 것도 해보자."

사리는 나머지 벽에도 마법을 쐈다. 어느 벽에 어떤 속성이 대응하는지는 카나데 덕분에 해독을 마쳤으니까 헤맬 일이 없다.

그리하여 모든 벽에 마법진이 드러나자 눈앞의 검은 제단에 금이 가고 파랗게 빛나며 둘로 쪼개지더니, 방 중앙에 구체를 생성했다. 파직파직 전기처럼 튀는 빛은 강한 에너지를 느끼게 하지만, 현재로서는 다른 일은 일어나지 않는 듯하다.

"아무 일도 안 생기네⋯⋯. 만져 볼래?"

"하지만 무척 틱틱거리는데⋯⋯?"

"일단 【피어스 가드】만 발동해두자. 나도 잽싸게 회복할 수 있게 할게."

"알았어! 만져 볼게!"

【불굴의 수호자】가 남았으니까 아무리 나쁜 상황이 벌어져도 이탈할 때까지 죽는 일은 없을 것이다.

메이플은 선언한 대로 스킬을 발동하더니 그 구체를 만져 본다. 그 직후, 지면에 똑같은 색깔을 띤 마법진이 전개되고 두 사람의 발밑에서 강렬한 빛이 퍼진다.

"커, 【커버】!"

메이플이 잽싸게 사리를 지키고, 그와 동시에 두 사람은 빛에 휩싸여 사라졌다.

엄청난 빛이기는 했지만, 일어난 일은 딱히 예전과 다르지 않은 전이인 듯, 두 사람은 어디인지 모르는 어둠 속에 내팽개쳐졌다.

"다행이야. 평소랑 분위기가 달랐으니까……."

"음, 옛날 마을의 전이는 그게 일반적이지 않았을까?"

"눈이 아파."

"여기는 어두워서 아무것도 안 보이지만…… 물은 없는 것 같아."

"앗, 진짜야!"

팔다리를 움직여도 물속에 있는 느낌이 없다. 시험 삼아 뛰어 보자 지상에 있을 때처럼 낙하하는 감각이 있었다.

"그러면 잠수복은 벗어야지."

"시야도 다소 제한되니까 말이야. 그게 좋겠어."

두 사람은 잠수복을 벗고 헤드라이트로 다시금 어둠 속을 확인한다.

"정말 바닥이 있어. 아까랑 똑같은 돌이야."

"무언가의 내부일까? 하늘도 안 보이고."

공기는 있지만, 위를 봐도 별이 하나도 보이지 않는다. 바닥이 인공적이라면 동굴이 아니라 건물 내부일 가능성이 크다.

"벽에 닿을 때까지 걸어 볼래? 그러면 얼마나 넓은지 알 수 있을 거야!"

"좋은 아이디어야. 그렇게 하자. 지금으로선 조용하니까, 뭔가 나오기 전에 우리 주위를 파악하는 게 중요해."

두 사람은 일단 뒤로 물러났다. 지금껏 보스와 정면에 서도록 전이하는 일이 많았던 것을 고려해서 정반대 방향으로 나아가는 작전이다.

그러자 원래 있던 위치의 뒤쪽에 바로 벽이 있었다. 검은 돌로 지어진 튼튼한 벽에는 문이 없어서 나갈 수가 없다.

"방구석으로 전이된 것 같아. 그렇다면 반대편에는……."

"뭔가 있을지도?"

"응. 이 느낌은 조금 보스 같아."

"그렇지? 조심해야지……."

즉각 덤벼들지는 않았지만, 안쪽에 뭔가 있을 가능성이 크다. 꽤 넓어 보이는 이곳은 지금껏 몇 번이고 돌입한 적이 있는 보스방의 형태와 비슷하다.

어떤 것이든 적이라면 되도록 자신들의 준비가 끝날 때까지 기다려 주길 바란다.

두 사람은 다음으로 옆으로 걸어서 이 공간의 넓이를 확인해 본다. 여전히 조용한 어둠 속에서 발소리가 울리는 가운데, 딱히 아무 일도 없이 두 사람은 벽에 도착했다.

"넓네."

"어, 넓다면……."

"보스가 있다면 무척 클 가능성이 있어."

기본적으로 방의 크기는 보스의 덩치에 좌우된다. 방 크기에 안 맞으면 움직임이 제한되니까 당연한 소리다.

나아가 이번에는 물속이 아니므로, 출현할 가능성이 있는 보스의 패턴도 사전 정보가 많지 않은 지금은 예상하기 어렵다.

그 모습을 보고 인상에서 능력을 예상해 실전에서 시험하는 전투가 되리라.

"반대쪽도 탐색했으니까 다음은 앞이야!"

"언제 무슨 일이 생겨도 좋게 준비해두자."

"응!"

두 사람은 반대쪽 벽으로 걸어가 아무것도 없는 것을 확인하고 중앙 근처로 돌아가 정면을 본다.

"간다?"

"언제든지 괜찮아! 준비 끝!"

메이플과 사리는 최대한 경계하면서 앞으로 나아간다. 그러자 두 사람에게 반응했는지 방이 서서히 밝아지고, 그 전모가 드러난다.

두 사람이 걸은 것은 예상대로 방의 끄트머리로, 정면으로 수십 미터의 거리가 확보되어 있다.

그 중간쯤 되는 곳에는 크리스탈과 암석, 이미 8층에서는 볼 수 없어진 식물 등, 소재로 추정되는 것이 대량으로 널렸다.

"창고?"

"그런 것치고는 너무 잡다하게 둔 것 같은데…… 저게 가장 눈에 띄는걸?"

"저거 말이구나!"

메이플이 손짓한 것은 한 변이 2미터쯤 되는 검정 큐브다.

그것은 미지의 힘으로 공중에 떠 있어서, 잡다하게 널린 다른 소재와는 분위기가 다르다.

"예전에 물속에서 본 것과 비슷할지도?"

"그런 타입의 몬스터라면 공격 방법도 제한되니까. 하는 짓도 비슷할지 몰라."

물속에 있던 타입은 물을 생성해서 공격했지만, 지금 여기에는 물이 없다. 과연 어떻게 공격할지 한 발짝 더 걸어가자 검정 큐브에서 반응이 있었다. 표면에 파란 선이 복잡하게 생기고, 전이하기 전에 봤던 제단처럼 몸이 반으로 갈라진다.

"올 거야!"

"응!"

어떤 마법이 날아올지 대비하는 두 사람의 앞에서, 단번에 쩍 갈라진 큐브 중앙에서 똑같은 소재로 된 돌기둥이 여럿 나타난다.

그것은 모여서 천천히 회전하기 시작하더니, 파직파직 소리를 내며 에너지를 모아 수많은 빛의 탄환을 단번에 발사했다.

"개, 개틀링포?!"

"【커버】!"

메이플은 사리의 앞에 서서 방패를 뒤로 돌리고 빛의 탄환을 몸으로 막는다. 대미지는 안 뜨지만 튀는 이펙트 때문에 앞이 안 보일 지경이다. 메이플의 병기를 웃도는 발사 속도를 피하지 못했다면 아마도 벌집이 되었을 것이다.

"생각했던 거랑 조금 달라, 사리!"

"더 신비한 건 줄 알았는데……!"

발사되는 것과 발사하는 것이 일반적인 총과는 달라서 탄이 다 떨어질지 어떨지도 미지수다.

"조금만 더 관찰할게……!"

"알았어! 대미지도 안 뜨니까 괜찮아!"

진지한 눈으로 큐브가 퍼붓는 빛의 탄환을 가만히 보기를 몇 분, 사리는 이제 더는 문제없다며 작게 끄덕인다.

"괜찮아, 피할 수 있어. 유인할 테니까 그 틈에 반격해."

"맡겨줘!"

사리가 피할 수 있다고 하면 메이플이 의심할 일은 없다. 메이플이 사리의 회피 능력을 가장 잘 안다.

"【퀵체인지】…… 갈게!"

"힘내!"

메이플의 뒤에서 뛰쳐나간 사리가 큐브에 접근한다. 두 사람 모두 굳이 따지자면 아직 공격하지 않아서, 더 가까이 있는 사리에게 공격의 총구가 돌아간다.

빛의 탄환은 아슬아슬하게 사리를 포착할 뻔하지만, 그 속도에 아주 조금 미치지 못해서 한 발짝 전의 장소를 맞힌다. 피할 수 있다고 선언하고서 뛰쳐나간 만큼, 자신의 이동 속도와의 차이를 정확하게 계산한 것이다.

"【물의 길】!"

공중에 있어서 물속에 있을 때보다 직접 공격하기 어렵다. 그래서 사리는 겨우 쓸모가 생긴 물살 속을 빠르게 헤엄쳐 접근한다. 물이 없다면 만들면 된다.

"【핀포인트 어택】!"

스쳐 지나가며 꿰뚫듯이 단검을 찌르자, 큐브 표면의 파란 선이 깜빡여서 실드가 전개된다.

"뚫려라!"

사리는 스킬의 동작에 따라서 실드에 단검을 박는다. 그것은 한순간 실드에 반응해서 파직 소리를 냈지만, 문제없이 큐브에 도달해 HP를 깎는다.

"막혔나……. 아니, 다른가?"

말로 표현할 수 없는 위화감이 들지만, 확인하려고 멈출 수는 없다.

계속 움직이는 것이 개틀링포를 피하는 절대적인 조건이다. 최고 속도를 유지해야만 계산대로 피할 수 있는 것이다.

"【공격 개시】!"

일격을 때리고 물살을 타서 이탈하는 사리 대신 메이플의 사격이 날아든다. 큐브가 쏘아대는 개틀링포의 연사력에는 밀리지만, 공격 범위는 이쪽이 더 넓다. 거의 안 움직이는 큐브는 이 범위에서 도망칠 수 없어서, 아까의 복수라는 것처럼 정면에서 대량의 탄환이 덮쳐든다.

그것은 사리가 공격했을 때처럼 얇은 실드에 접촉해 파직파직 소리를 낸 다음 큐브 표면에 상처를 낸다.

"통했어!"

"대미지가 잘 뜨네, 하지만……."

메이플이 총탄을 마구 퍼부은 덕분에 사리는 큐브의 변화를 눈치챘다. HP 막대 아래에는 처음 보는 게이지가 하나 있는데, 공격에 반응해서 그것이 조금씩 차고 있었다.

"메이플! 저 게이지가 보여?"

"어디…… 응! 보여!"

"대미지를 받을 때마다 차고 있어. 조심해!"

"알았어!"

그것이 무엇을 의미하는 게이지인지 모르는 이상 경계할 수밖에 없다. 다 차면 유리해질지 불리해질지 알 수 없지만, HP를 없애는 것이 목적인 보스전의 성질을 생각하면 쌓이지 않게 행동하는 것은 불가능하다고 할 수 있었다.

그렇다면 상대의 행동을 정면에서 전부 받아서 이길 수밖에 없다. 다행히 두 사람의 능력은 그러한 상황에 적합했다.

보이는 그대로 단단한 큐브는 메이플의 탄환에 대미지를 받으면서도 아직 쓰러질 것 같지 않다. 물속에서 마주친 개체와 비슷하게 생겼지만, 보스와 중간보스는 격이 다른 셈이다.

"슬슬 반쯤 찼을까?"

큐브의 움직임을 가만히 보고 다음 움직임에 대비하며, 개틀링포의 사격을 피하고 치고 빠지기를 거듭하는 사리는 현재 가장 의심스러운 점인 수수께끼의 게이지를 항시 체크하고 있었다.

그런 사리이니까 평소처럼 이펙트가 터지고, 말 그대로 적이 공격당하는 중에도 그 게이지가 확 줄어드는 것을 눈치챌 수 있었다.

"메이플!"

"아……! 【커버 무브】, 【커버】!"

짧은 말로 의사소통하고, 사리가 있는 곳으로 달려간 메이플에게 개틀링포의 사격과 더불어 두 군데, 좌우에서 섬광과 폭풍이 덮쳐든다.

"【헌신의 자애】!"

아까는 없었던 공격에 메이플이 잽싸게 방어하고 사리를 감싸 병기를 폭발시켜 억지로 거리를 벌린다.

"오오……! 좋은걸. 나이스 판단!"

"에헤헤. 아차차, 무슨 일이 생긴 걸까?"

두 사람이 큐브가 있는 곳을 확인하자 작은 큐브 두 개가 본체 주위를 빙빙 돌고 있다. 보스의 중앙에 있는 것이 여러 개의 돌기둥인 반면, 이 큐브 위에는 가시가 난 공 같은 것이 하나씩 떠 있었다.

"폭탄일까? 아까 분위기를 봐서는."

폭발 범위도 넓어서 사리가 다 피하려면 리스크가 조금 크다.

"그러면 내가 지킬게."

"고마워. 그러면 나는 메이플의 병기를 지킬게."

【헌신의 자애】는 메이플의 병기까지 지켜주지 않는다. 그렇기에 메이플이 지키고, 사리가 추가로 방패가 되는 것이 지금 두 사람이 자주 쓰는 전법이다.

"게다가 더 늘어날 거야. 아마도. 공격받을 때 쌓이는 게이지를 소비해서 만들고 있어."

"진짜네!"

줄어든 게이지를 보고 메이플도 현재 상황을 파악한다. 보스의 HP가 다 없어질 때까지 무기가 몇 번이나 추가될지 모른다.

보스의 기본 방어력이 높고, 나아가 실드가 받는 대미지를 줄여서 게이지로 변환하고 있다. 이러한 요소가 보스의 내구력을 상상했던 것보다 더 높이고 있다.

"전투가 꽤 길어질 것 같아."

"물속이 아니니까 괜찮아!"

"그래. 물속이라면 저것도 망가지지 않을까? 아마도."

자신들에게 유리하다면 딱히 신경 쓸 필요가 없다. 사리라면 또 모를까, 메이플은 지상이 더 싸우기 편하다.

"조금 앞에 나설 테니까 안심해도 돼!"

"관통 공격도 지금은 없는 것 같으니까."

싸움은 지금부터 시작이다. 두 사람은 다시 전투태세를 취하고 잠시 벌어진 거리를 다시 좁히고자 보스를 향해 걷기 시작했다.

【헌신의 자애】로 방어를 굳히고 【구원의 잔광】도 발동해서 긴급피난 태세를 갖춘 상태로, 개틀링포와 폭탄을 대신 맞아서 사리가 안전하게 행동할 수 있도록 범위 안에 넣는다.

"메이플도 게이지를 봐. 무기도 늘어나니까 알아볼 것 같지만."

"알았어!"

메이플은 사정권으로 다가가 거대 레이저포를 여러 개 생성하고 중심을 낮추더니 포구를 큐브의 중심으로 돌린다. 당연히 멈춰서 그러면 메이플을 향해 개틀링포의 사격과 폭탄이 덮쳐들지만, 그 전에 사리가 가로막고 선다.

"【물대포】!"

사리는 지면에서 대량의 물을 쏴서 폭탄을 밀쳐내고, 그대로 무기를 방패로 바꿔서 개틀링포의 사격을 방어한다.

"【공격 개시】!"

메이플이 전개한 레이저포에서 빨간 광선이 발사되고, 보스를 직격한다. 상대에게는 방어하는 방패도 없거니와 호위도 없으니까 당연한 일이다.

메이플의 레이저가 직격하자마자 보스 아래의 게이지가 늘어나고, 또 일정 수준이 되었을 참에 소비되어 새로운 무기가 생성된다.

"긴 통이야!"

"대포 같은 걸까……? 비슷하게 생겨서 잘 모르겠어."

과연 어떤 것일지 공격을 계속하자 긴 통에서 메이플의 이마로 가느다란 빛이 뻗는다. 마치 레이저 포인터처럼.

"그거, 저격……!"

사리가 뭔가 말하기도 전에 굉음이 울려 퍼지고, 회피할 수 없는 속도로 메이플의 머리에 탄환이 명중해서 그대로 저 멀리 날려 버린다. 【헌신의 자애】와 【구원의 잔광】의 스킬 이펙트가 끊기지 않은 점, 날아간 순간에 대미지 이펙트가 발생하지 않은 점, 단발 공격이며 【불굴의 수호자】가 남은 점을 고려해 말만 꺼내고 전방에 집중한다.

"괜찮으면 다시 사격해!"

제아무리 사리라도 한눈팔면서 피할 수 있는 공격이 아니다. 더군다나 저걸 막을 수 있을지는 아직 남은 보스의 HP를 깎을 때 사리가 자유롭게 움직일 수 있을지를 정하는 요소다.

【매미 허물】이 남은 지금이 시험해 볼 기회다.

"좋아……."

사리는 큐브 위에 있는 통이 에너지를 모으는 것을 확인하고 백스텝을 밟는다.

아주 짧은 한순간, 개틀링포가 사리를 쫓아가려고 각도를 변경하면서 지연되는 타이밍. 그것이 사리가 멈춰도 따라잡히지 않는 아주 작은 공격의 빈틈.

큐브로서는 그 빈틈을 메우듯이, 사리로서는 그것으로 유도하듯이. 굉음과 함께 공간을 찢어발기는 탄환이 사리에게 쇄도한다. 다만 사전에 조준하는 레이저 포인터에 의해 어디로 날아올지는 알고 있었다.

"하압!"

시간의 흐름이 느려져서 마치 정지한 듯한 감각. 그 속에서 사리의 눈은 탄환을 단단히 포착하고 있었다. 반은 반사적으로, 반은 예측으로 휘두른 단검이 탄환을 옆에서 때려 불똥을 튀기고, 그 궤도를 이마에서 어긋나게 한다.

무기로 탄환을 막아 생긴 넉백 효과로 사리의 몸이 뒤로 날아가지만, 그래도 공중에서 자세를 바로잡아 지면에 딱 착지한다.

그리고 탄환은 무시무시한 속도로 사리의 왼쪽 위로 스쳐 지나가고, 벽에 격돌해 큰 소리를 냈다.

"성공……!"

한순간의 공방이 끝나고, 압축된 것처럼 느껴지던 시간이 원래대로 돌아간다. 곧바로 개틀링포의 사격이 엄습하고, 사리는 다시 달리기 시작한다.

"쳐낼 수는 있지만…… 이건 메이플에게 맡기고 싶은걸."

개틀링포의 빈틈을 보고 메이플의 상황을 슬쩍 확인하자 예상대로 무사한 듯, 병기는 산산이 조각나 없어졌어도 HP는 하나도 줄어들지 않았다.

"미안해, 사리! 괜찮았어?!"

"응. 메이플도. 그걸 정통으로 맞고도 멀쩡하다니, 역시 대단한걸."

"이번엔 잘 막을게!"

미리 조짐이 있는 만큼 메이플도 잘 준비하면 막을 수 있다. 【악식】으로 삼켜서 전부 없애도 되고, 【헤비 보디】로 버텨도 된다. 애초에 대미지를 받지 않으니까 최악의 상황과는 거리가 멀다.

"팍팍 쏴. 그게 제일 안전하게 깎을 수 있어."

"오케이. 【전 무장 전개】! 【흘러나오는 혼돈】!"

"【사이클론 커터】, 【파이어 볼】!"

겹겹이 쌓인 안전권에서 일방적으로 공격하는 메이플과 사리에게 피해를 줄 수단이 없는 채로 보스의 HP가 줄어든다. 대책이 없는 몬스터로는 두 사람을 상대로 어쩔 도리가 없다.

상성이 좋은 상대는 철저하게 유린한다. 그것이 두 사람의 치우친 능력이 지닌 특징이다.

"단숨에 두 종류 늘었어……!"

"그것만 경계해!"

하나는 두 사람의 머리 위로 올라가고, 나머지 하나는 몸통 높이에서 정지한다. 뭘 하는지 경계하고 있을 때, 새롭게 늘어난 장치가 방의 끝에서 끝으로 닿는 굵직한 레이저를 쐈다.

"어?!"

"앗, 움직였어! 파고들든지 뛰든지 해서 피해!"

"그, 그렇게 말해도!"

제각기 방을 가로지르듯 이동하는 레이저를 재주껏 뛰어넘을 필요가 있지만, 사리는 가능해도 메이플은 어렵다.

메이플의 비행 능력은 하나같이 세세하게 움직이기 어렵다.

"그러면……."

"알았어!"

레이저가 임박하는 가운데, 개틀링포의 사격을 방패로 막으며, 사리는 메이플에게 제안한다.

그것은 오래가는 전투를 결판낼 한 수에 관한 것이었다.

제안을 받아들인 메이플은 레이저가 쇄도하는 와중에 병기를 터트리고, 폭풍을 타고서 단숨에 하늘로 날아오른다. 그것도 수직이 아니라 비스듬하게 위로.

넉백 효과가 있는 라이플은 충전 중. 개틀링포로 나머지 병기를 파괴하기는 했지만, 메이플의 접근을 막을 방법은 없다.

"【심해의 부름】!"

충돌 직전에 메이플은 한쪽 팔을 촉수로 바꾸고 쩍 벌려서 큐브를 감싼다. 실드로 경감되기는 하지만 싱싱한 과일을 쥐어짤 때처럼 대량의 대미지 이펙트가 폭발하듯이 촉수 틈새로 터져 나온다.

"통했어! 더 많이…… 【포신 전개】!"

큐브를 움켜쥔 손이 아닌 반대편 손을 거대한 포신으로 바꾸고, 그대로 붙여서 레이저를 쏜다. 빨간 광선에 섞여서 대미지 이펙트가 치솟고 보스의 HP가 무시무시한 기세로 줄어들지만, 그와 동시에 엄청난 기세로 게이지가 늘어나고, 발생의 충격이 달라붙은 메이플을 밀쳐낸다.

"어?! 앗! 조금만 더 하면 됐는데! 으악?!"

바닥에 떨어진 메이플은 그대로 개틀링포와 라이플의 추가 공격을 맞고, 바닥 가까이를 태우며 이동하는 레이저를 온몸에 뒤집어쓰면서 사리가 있는 곳으로 굴러왔다.

"무사하다고 보면 돼……?"

"응!"

"힘차게 대답해 줘서 고마워."

메이플이 조금만 더 하면 됐다고 말한 것처럼 앞으로 몇 번만 더 공격하면 해치울 수 있을 것 같은데, 두 사람이 행동을 개시하기도 전에 대량으로 쌓인 게이지가 소비되어 지금까지와는 비교도 안 될 정도의 빛이 방출된다.

그것이 멎었을 때, 큐브 중앙에 있던 개틀링포가 사라지고, 그보다 열 배는 큰 포로 바뀌었다. 아무것도 모르고 보면 돌기둥처럼 보이는 그것이, 두 사람은 엄청난 위력을 지닌 대포임을 이해하고 있다.

그것은 생성과 함께 충전을 시작하고, 보스는 그것을 지키려는 것처럼 빛의 실드를 겹겹이 전개한다.

"어쩌지, 사리?!"

"가능하다면 쏘기 전에 해치우고 싶어! 하지만……."

위력도 범위도 모른다. 그러나 최후의 카드라고 할 만한 공격임은 틀림없다.

쏘기 전에 끝낼 수만 있다면 가장 좋지만, 방어를 굳힌 보스의 단단함은 미지수다.

지금까지 한 것처럼 피하고 반격하는 것도, 단숨에 숨통을 끊는 것도, 하나같이 더 위험해질 리스크가 있다.

"사리, 이러면 어떨까?"

아까와는 반대로 이번에는 메이플이 제안한다. 사리는 그걸 듣고 그 생각을 긍정하듯 끄덕였다.

"좋아. 그러면 쏘는 걸 기다릴게. 메이플의 스킬과 방어력을 믿어."

"응! 괜찮아!"

메이플이 있다면 공세에 나섰다가 허를 찔리고, 괜히 떨어져서 다 지키지 못하는 리스크를 만드는 것보다 뭉쳐서 싸우는 게 더 확실하다.

날아다니는 모든 공격을 메이플의 방어력과 【헌신의 자애】
로 안전하게 무력화하고 있는 이상, 쏘는 순간까지 문제없이
대기할 수 있다.

"슬슬 쏠 거야!"

상태를 확인하던 사리가 무기에 모이는 빛이 강해진 것을 보
고 발사의 징조를 감지한다.

"혹시 모르니까…… 【피어스 가드】, 【불괴의 방패】!"

메이플은 직격했을 때를 대비해서 스킬을 발동하고, 촉수를
해제해 방패를 든다. 그렇게 하고 잠시 후, 발사 준비를 마쳤음
을 알리는 듯한 소리가 크게 울려 퍼지고, 굉음과 함께 방출된
하얀 광선이 방을 가득 뒤덮었다.

그것은 한순간에 일어난 일로, 모든 것이 불탄 바닥에 두 사
람의 모습은 없고, 넘쳐나는 물만이 남았다. 그러나 그것은 두
사람이 죽었다는 의미도, 이 방이 부서져서 물이 넘쳤다는 의
미도 아니다.

"완벽 타이밍!"

"에헤헤, 잘됐어!"

메이플과 사리가 있는 곳은 보스의 바로 위. 【방주】로 전이하
는 순간을 레이저에 맞춰서 대미지를 받는 일 없이 공격을 빠
져나온 것이다.

메이플이 말한 혹시 모르는 일이란, 이것이 실패했을 때의 보험이었다.

　큰 기술을 쓴 대가로 항시 두 사람을 노리던 개틀링포도 사라지고, 다른 무장도 곧장 공격할 수 없다. 눈앞에 있는 것은 절호의 공격 기회다.

　"메이플, 가자!"

　"오케이!"

　""【포신 전개】!""

　두 사람의 한쪽 팔이 거대한 레이저포로 변하고, 그 포구가 아래에 있는 큐브를 단단히 조준한다. 상대가 비장의 수단을 썼다면 이쪽도 똑같이 돌려주겠다는 듯이 사리도 【허실반전】으로 공격을 실체화한다.

　""【공격 개시】!""

　그렇게 두 사람이 쏜 레이저가 뒤섞여서 아까 날아온 것과 비교해도 손색이 없는 힘으로 보스의 실드를 파괴하고, 그 몸을 불태워서 움직임을 완전히 정지시켰다.

　보스를 해치우고 낙하하는 와중에 사리가 자세를 바로잡아 메이플을 끌어안고, 공중에 발판을 만들어 지면으로 내려간다.

　"영차!"

　"고마워, 사리."

"응. 수고했어. 어디 보자……. 조금 이상한걸."

"어? 앗……! 아까 보스가 아직 남았어!"

평소라면 몬스터는 빛이 되어 사라지지만, 아까 움직임을 멈춘 큐브는 아직 그 자리에 남았다. 지금은 떨어져서 각종 소재의 산에 묻혀 있다.

전투도 끝나고, 사리가 【홀로그램】과 【허실반전】으로 생성한 기계신의 병기는 사라졌으며, 옷도 노란색 폴리곤과 함께 【퀵체인지】로 교체했던 새로운 유니크 장비로 돌아간다.

"조사해야 할 점이 많으니까 확인해 보자. 다시 여기 오는 것도 번거롭고, 애초에 올 수 있다는 보장도 없거든."

"그러자."

일반적인 필드가 아닌 장소는 진입할 때 특수한 조건이 설정되는 경우가 대부분이다. 재현하려고 해도 확인하지 못한 조건 때문에 똑같은 장소에 오지 못하는 일도 자주 있으니까, 탐색은 후회하지 않을 만큼 해둘 필요가 있다.

두 사람은 보스를 뒤로 미루고, 주위에 널린 대량의 고물 중에서 챙길 것이 있는지 뒤져본다.

"음. 메이플, 뭔가 있어?"

"없는 것 같아! 특별한 건 보이지 않아!"

"역시 분위기를 만드는 용도인가……. 진짜로 전부 뒤져도 소용없을 것 같고……."

얼추 조사해 보지만, 결국 인벤토리에 들어갈 아이템은 딱히 없었다. 다만 없다는 것을 알면 이제는 눈앞에 있는 보스 본체에 집중할 수 있는 셈이다.

"또 움직이진 않겠지⋯⋯?"

"아마도 그럴 일은 없을 거야. 봐봐. 들어온 곳에 마법진이 생겼잖아."

"진짜네. 그러면 안심이구나."

보스는 처음의 큐브 형태가 아니라 전투 때처럼 가운데가 깔끔하게 둘로 쪼개진 상태다.

"그걸 꺼내 봐. 반응이 있을지도 몰라."

"응! 비슷하게 생겼으니까!"

메이플은 인벤토리에서 『로스트 레거시』를 꺼낸다. 손바닥 크기의 까만 상자는 보스의 미니어처 느낌으로, 겉모습은 거의 다르지 않다.

"가까이 대 볼게⋯⋯. 어?!"

메이플이 큐브 근처로 『로스트 레거시』를 가져가자 상자 표면에 파란 선이 많이 생기고, 팅 소리와 함께 메이플의 손에서 흘러내린다. 그리고 메이플이 주우려고 손을 뻗었을 때, 보스였던 거대한 큐브가 반응하듯이 소리를 내기 시작했다.

"메이플!"

사리가 위험을 느끼고 메이플을 물러나게 한 직후, 사이에 떨어진 『로스트 레거시』를 에워싸고, 둘로 쪼개진 본체가 하나로 합쳐진다.

"고마워. 끼일 뻔했어."

"일단 경계하자."

"그러자!"

보스였던 것이 다시 움직이는 것을 목격한 거니까 다시 전투가 시작될 가능성도 부정할 수 없다. 사실 두 사람은 비슷한 던전을 공략한 적도 있다.

그러나 그 걱정은 불필요했던 듯, 큐브는 강렬한 빛을 내면서 점점 작아지더니 결국 흡수한 『로스트 레거시』 크기가 되고 말았다.

"먹었다……기 보다는 먹힌 걸까?"

"합체 같은 느낌?"

"그것과 비슷할지도."

강렬한 빛이 사그라져서, 메이플은 그것을 줍고 확인한다.

그러자 아이템 이름은 바뀌지 않았지만, 스킬이 하나 추가되고 일반 아이템에서 장비 아이템으로 종류가 바뀌어 있었다.

"장비할 수 있게 됐어!"

"오오, 좋은걸. 장신구라면 칸이 부족하겠지만…… 어떤 느낌이야?"

메이플은 아이템창을 연 채로 사리가 확인할 수 있게 조금 돌려서 효과 설명문을 읽는다.

『로스트 레거시』

【고대 병기】

【고대 병기】

소유자가 공격할 때, 공격받을 때 추가로 에너지를 획득한다.

에너지를 소비함으로써 형태를 바꿔 무기로 다룰 수 있다.

일정 시간 에너지를 얻지 않을 경우, 에너지는 시간이 흐르면서 서서히 줄어든다.

"아까 보스가 쓴 그걸까? MP 말고 에너지란 걸 쓰나 봐."

"장비해 볼까?"

"그러네. 보는 게 더 알기 쉽겠어."

메이플은 장신구 칸에 있는 반지를 하나 빼고 『로스트 레거시』를 장비한다. 그러자 검정 바탕에 파란 선이 있는 수상한 큐브 하나가 메이플 근처에 둥실 떠오른다.

"적당히 공격해 봐."

"【포신 전개】, 【공격 개시】!"

메이플은 아무도 없는 곳에 총탄을 퍼붓지만, 에너지 게이지는 전혀 늘어나지 않는다.

"어라라?"

"헛발질은 안 되나 보네……. 공격받는 건 어떨까?"

"그러면 폭탄으로 할게!"

메이플은 바닥에 폭탄을 두고 주저 없이 불을 붙인다. 그것이 잠시 후 대폭발을 일으켜 메이플이 화염에 휩싸인다.

당연히 대미지가 안 발생하는 것을 알고 하는 행동이지만, 사리도 한순간 얼굴이 딱딱해졌다.

"사리! 진짜 늘어났어! 줄어들고 있지만!"

"기본적으로 전투 중에 사용하는 느낌이려나. 공격하면 늘어나는 게 일반적인 사용법일 거야. 폭탄으로 먼저 준비하는 선택지는 메이플한테만 있을 거고……."

공격받을 때 게이지가 늘어나는 건 사실이지만, 그것을 중심으로 운용하는 것은 아닐 것이라고 왠지 모르게 짐작할 수 있다.

메이플은 쌓인 게이지를 소비해서 곧바로 스킬 하나를 발동해 본다.

"【고대 병기】!"

메이플이 스킬을 선언하자 공중에 뜬 큐브가 단숨에 2미터 정도 크기가 되고, 둘로 쩍 갈라져 안에서 개틀링포가 나온다.

"쏘지는 않는 걸까……?"

"기본적으로 자동 공격 아닐까? 지금은 대상이 없으니까."

"그렇구나. 하지만 다행이야. 자꾸 총이 늘어나면 다 들 수가 없으니까."

"그런 일도 있겠구나……."

애초에 다 들 수 없을 정도로 총기가 많은 방패 유저란 대체 무엇일까? 총 유저라고 하기에는 너무 튼튼하고, 방패 유저라고 하기에는 공격 능력이 너무 뛰어나다.

"뭐, 무사히 입수했으니까 잘됐어."

생각해도 의미 없는 일이라며, 사리는 메이플의 순수한 강화를 축하한다. 손에 넣은 스킬과 아이템은 하나같이 강하고, 상황을 바꿀 계기가 될 수 있으리라.

"이걸로 더 도움이 될 거야!"

"좋은걸. 기대할게."

"후후후, 나만 믿어."

그리하여 새로운 힘을 손에 넣은 메이플과 사리는 그 장소를 뒤로했다.

6장 방어 특화와 다음 이벤트.

시간이 지나고, 메이플과 사리는 제각기 새로 입수한 스킬과 장비를 시험하며 8층을 즐기고 있었다.

"【고대 병기】를 언제든지 쓸 수 있게 이즈 씨한테 폭탄을 많이 만들어 달라고 해야지!"

"폭발음이 안 나거나 이펙트가 약한 건 만들 수 없을까? 왜 있잖아. 숨어서 준비하는 게 더 좋을 테니까?"

"많이 터뜨리면 들키니까. 아, 뒤에 총을 두는 건 어떨까? 이즈 씨, 대포도 만들었으니까."

자동으로 발사되는 총 앞에 서서 맞기만 해도 게이지가 찰 것이다.

"모양새를 신경 쓰지 않으면? 아니, 폭탄 얘기를 한 시점에서 꽝인가……."

그렇게 이야기하며, 두 사람은 작은 보트를 타고 느긋하게 물 위를 이동하고 있었다. 찾던 스킬도 구했으니까 8층 탐색도 충분히 했다고 할 수 있다.

앞으로는 단서가 하나도 없어서 쉽게 찾을 수는 없다. 그렇기에 무리하게 탐색하지 않고 쉴 때는 쉬는 것이다.

"아, 그러고 보니 오늘은 다음 업데이트 정보가 뜬대."

"어, 진짜?!"

"응. 슬슬 뜰 것 같은걸."

화제를 내놓은 참에 때마침 메시지 도착 알림음이 울렸다. 운영에서 다음 업데이트 정보를 공지한 것이다.

"어디 보자. 다음은 9층이래! 빠르네."

"잠수복 강화니 뭐니 하는 사이에 시간이 제법 지났으니까. 아직 탐색하지 못한 곳도 있지만, 그건 예전에도 그랬고……."

또 기회를 봐서 다른 층으로 돌아가도 될 것이다. 초반에 입수한 【히드라】와 【악식】도 아직 현역이니까, 예전 층으로 돌아가도 얻을 것이나 쓸만한 것이 있으리라.

가고 싶어지는 타이밍에 느긋하게 탐색하면 된다.

"그리고 하나 더. 9층 업데이트 이벤트 내용도 조금 있어."

"어, 두 진영으로 나뉘어서 대규모 대인전……?"

"자세한 내용은 아직 모르겠지만, 새로운 스킬도 도움이 되지 않을까?"

"사리도!"

"응. 잘 속일 수 있게 연습 중이야."

사리의 새로운 스킬을 더 유용하게 쓰려면 사전에 상황을 상정해서 움직임을 생각할 필요가 있다. 발동만 하면 강력해지는 것이 아닌 스킬의 어려운 점이다.

"9층으로 이어지는 던전도 이 근처에 있어. 온 김에 구경하러 갈래? 업데이트 전에는 이어지지 않으니까 공략은 나중에 해야 하지만."

"응! 주위가 어떤 느낌인지 궁금해!"

여태껏 공략했던 장소가 그랬던 것처럼, 단순히 헤엄쳐서 갈 수 있는 곳인지는 알 수 없다. 잠수 시간이 길어질 거니까 이즈에게 아이템 준비를 부탁할 필요도 있으리라.

거리가 가깝기도 해서 제트스키로 갈아타지 않고 천천히 배로 이동한다. 그리하여 목적지가 보이기 시작하자 메이플도 여기였나 싶어서 고개를 몇 번 작게 끄덕인다.

눈앞에는 저 멀리 물 밑바닥까지 이어지는 큰 탑이 있다. 꼭대기는 수면 밖으로 튀어나왔고, 물속을 확인해 보면 물에서 도망치듯이 몇 번이고 증축이 이루어진 흔적이 있다. 당연히 아래로 갈수록 너덜너덜하고, 침식이 심한 것을 알 수 있다.

"여기를 내려가는 거야?"

"그래. 중간부터 진입할 수는 없으니까 위에서 들어갈 수밖에 없어."

탑 자체는 너덜너덜하지만, 창문이나 구멍이 크게 난 곳은 없다. 지름길을 써서 안에 들어가기는 어려울 것이다.

"다 같이 가면 괜찮을 거야!"

"아무리 그래도 우리 모두를 이길 상대는 거의 없을 거야."

"다들 강하니까."

실제로 메이플 일행이 이기지 못하는 몬스터를 찾기가 더 어려우리라. 설령 있더라도, 약체화 방법이 있을 것이다. 안 그러면 아무도 해치울 수 없다고 해도 과언이 아니다.

"공략은 다음에 해야겠네. 응?"

"무슨 일 있어, 사리? 앗!"

두 사람이 하늘을 쳐다보자 커다란 실루엣이 두 개 있었다. 하나는 햇빛을 반사해서 하얗게 빛나는 용. 나머지 하나는 태양처럼 활활 타오르는 날개를 지닌 불사조였다.

"미이! 페인 씨!"

"메이플. 우연히 잘 만났다, 는 아니겠군, 필시 메시지를 보고 시찰하러 온 거겠지?"

"그래! 미이도?"

"뭐, 그런 참이다. 이쪽에 볼일이 있어서 마침 잘됐다고 생각했지."

"페인 씨도 그래요? 역시 던전을 확인하러?"

"그래. 물속에 시간을 투자한 만큼 미공략 상태였으니까. 이 던전은 모두가 공략할 거다. 구석구석 파악해두면 여기를 지난 플레이어가 얼마나 강한지를 조금은 알겠지."

소문은 퍼지는 법이다. 그때 어떤 식으로 공략했는지의 이야기는 9층에 들어가 금방 화제가 되리라. 던전을 자세히 파악해두면 돌아다니는 소문에서 플레이어의 스킬을 예측하는 데 도움이 될지도 모른다.

완전한 미지와 뭔가 있을지도 모른다고 예상하는 것은 상황이 전혀 다를 것이다.

"대인전을 위해서, 인가요."

"물론이지. 진영이 나뉜다고 했던가. 만약 적이 되면 설욕하고 싶다."

제4회 이벤트 이후, 공동전선은 있었어도 정면에서 충돌하는 일은 없었다. 메이플과 사리도 그 뒤로 많이 강해졌다. 그러나 그 점은 페인도 마찬가지일 것이다.

"히, 힘낼게요!"

"적이든 아군이든 온 힘을 다하마. 그러고도 싸운다면 이번에는 우리가 이길 거다."

"우리도 그렇지. 그때는 심하게 당했지만, 똑같은 일은 없다고 선언하겠어."

"나도…… 안 져요! 다 같이 힘낼게요!"

메이플이 그렇게 대꾸하자 미이와 페인은 당연히 그래야 한다는 듯이 슬쩍 웃는다.

"그러면 우리는 가 보지. 다음 이벤트를 기대하마."

"잘 있어라, 메이플. 전장에서 만날 때는 전력을 다하겠어."

그렇게 말하고 페인은 던전 안으로, 미이는 필드 밖으로 사라졌다.

"그렇구나. 또 싸울지도 모르네."

"강해. 제8회 이벤트에서 봤을 때도 확 강해졌으니까."

마지막으로 적이 되어 맞섰을 때로부터 이미 오랜 시간이 흘렀다. 그 시절보다 레벨이 올라갔고, 당연히 스킬도 늘었다. 게다가 테이밍 몬스터도 얻은 것이 큰 차이일 것이다. 특히 두 사람의 테이밍 몬스터는 단독으로도 매우 강력하다.

예전과 똑같이 되지는 않으리라.

"또 작전을 생각해야겠어. 메이플의 스킬도 늘었으니까 뭐든 잘 쓰면 상황을 확 뒤집을 수 있을 거야."

"같이 생각하자!"

"오, 생각하게? 좋아. 실제로 쓰는 사람은 메이플이고, 본인이 편한 게 제일이니까."

게임을 계속하면서 움직임에도 익숙해지고, 어떻게 행동하면 더 좋은 결과가 나올지 메이플도 조금씩 알게 되었다. 그리고 안다는 것이 메이플에게 생각할 여유를 만들어 주는 것이다.

"『로스트 레거시』 던전에서도 메이플의 아이디어로 잘됐으니까…… 이것저것 말해 봐. 그게 더 좋고, 그런 이야기도 해보고 싶었어."

"아하하. 그건 어쩌다가 잘된 거야."

처음 스킬 사용으로 정확한 발사 타이밍을 모르는 레이저에 【방주】를 완벽하게 맞춘 것은 운이 좋았던 부분도 있으리라.

"사리가 【행방불명】으로 사라져서 공격을 피하는 걸 보고 이걸로도 되지 않을까 생각했어."

"연습하면 우연이 아니어도 맞출 수 있게 될 거야."

"그럴까? 해볼까?"

"되면 좋겠어……. 전략에 넣기 쉽거든."

"에헤헤, 그러면 조금 해볼래!"

"응. 그게 좋아."

긍정적으로 선언하는 메이플을 보고, 사리는 기쁜 눈치로 작게 고개를 끄덕여 대답했다.

그렇게 탑 앞에서 보트를 타고 조금 이야기하고 있을 때, 페인과 미이 말고도 다른 플레이어가 찾아온다. 다음 층으로 가려면 공략할 필요가 있는 던전이니까, 사전 답사를 오는 플레이어가 있어도 이상하지 않다. 실제로 메이플과 사리도 그러려고 왔다.

"방해될까?"

"괜찮을 것 같지만, 이것저것 얘기할 곳은 아닐 거야."

이런 곳에서 중요한 작전 회의를 한다면 들어달라고 말하는 셈이다.

그래서 이동하려고 생각했을 때, 또다시 눈에 익은 실루엣이 보트로 다가오는 걸 알았다.

"아, 진짜로 있슴다!"

"그야 당연하지. 윌이 잘못 볼 리가 없으니까 말이야."

찾아온 것은 【thunder storm】과 【래피드 파이어】의 수뇌진이다. 듣자니 윌버트의 스킬로 두 사람의 시야보다도 더 먼 곳에서 인식한 듯하다.

"죄송합니다. 말하다 보니까, 마침 근처에 있어서요."

"대인전이라고요! 대인전!"

미안해하는 윌버트와는 대조적으로 마구 들이대는 벨벳에게 사리는 쓴웃음을 짓는다.

"그래. 기다리고 또 기다린 느낌일까?"

"그렇습다! 같은 편도 좋지만, 이번에는 적이 되고 싶다고 생각 중임다!"

벨벳의 직구 발언에 메이플과 사리가 눈을 동그랗게 뜬다. 히나타가 머뭇머뭇 말을 덧붙인다.

"……이번에는 그런 기분이라는 것 같아요."

"이벤트는 기간 한정으로 찾아오니까요! 싸울 기회가 있을 때 적이 되는 겁니다!"

결투 등의 시스템을 사용하면 어디서든 대인전을 할 수 있지만, 한 번밖에 없는 이벤트에서의 긴장감과 승리했을 때의 즐거움은 전혀 다른 거겠지. 메이플은 둘째 치고, 사리는 그 차이를 명확하게 이해하고 있었다.

"적이라. 그렇다면 대책을 잘 생각해야겠네."

진영 대결에 선택지가 있다면 확실하게 적 진영에 가겠다고 선언한 것이다. 같은 진영이 될 일이 없다면 어떻게 할지 아직 정하지 않은 기색이었던 페인과 미이와 비교해서 단단히 대책

을 짤 필요가 있다. 그렇게 일찌감치 각오한 사리에게 릴리가
입꼬리를 올린다.

"시원시원해서 좋군. 아, 우리는 아직 딱히 정하지 않았다.
일단은 말이지."

"……보통은 그럴 거예요. 벨벳처럼 선언할 필요도 없으니
까……."

이래서는 또 길드 멤버에게 너무 떠들었다는 소리를 들을 거
라며, 히나타는 벨벳의 옆구리를 쿡 찌른다.

"하지만 우리도 누가 상대든 쉽게 질 마음은 없어요."

"그야 당연하지. 적이 되면 그때는 잘 부탁하마."

모두에게 오랜만에 하는 본격적인 대인전이다. 다들 성장한
것은 이해하고 있으며, 9층 업데이트에서 이벤트 때까지 시간
이 있는 이상, 서로 경계하게 되리라.

"그러면 대결하는 거네!"

"그렇슴다! 이번에는 지난번 결투와 다르게 히나타도 있슴
다! 안 져요!"

둘이서 싸움으로써 상승효과가 더 커진다. 그것은 메이플과
사리도 잘 아는 사실이다. 사리도 결투에서 이기기는 했지만,
그게 전부가 아닌 것도 잘 안다.

"아직 나중 일이니까요. 그때까지 활 실력을 더 늘리겠습니
다."

지금의 이벤트 예고로는 누가 적이 될지, 아군이 될지 모른

다. 할 수 있는 일이란 자기 능력을 강화하는 것과 주위에서 정보를 얻는 것뿐이다.

"벨벳네는 이따가 이 던전에 들어갈 거야?"

"그렇습다! 넷이서 같이 갑니다!"

"가까이서 전투를 볼 수 있다면 나도 거절할 이유가 없지."

히나타가 복잡한 표정을 지은 것을 봐도, 벨벳에게 정보를 캐낼 뜻이 없다는 것을 알지만, 이건 항상 있는 일이리라. 딱히 말리는 낌새도 없다.

"두 사람도 같이 가겠습까? 환영합니다!"

"메이플, 어쩔래?"

메이플은 어쩔까 하고 조금 생각하고 나서 대답한다.

"우웅. 길드 사람들하고 같이 가려고 했으니까…… 이번에는, 미안해."

"알겠습다! 그렇다면 기회가 있을 때 놀자고요!"

"응! 고마워!"

페인과 똑같이 던전 안으로 사라지는 네 사람에게 손을 흔들어서 배웅하고, 다시 슬슬 멀어지고자 보트를 움직이기 시작했다.

"다들 다음 이벤트를 대비하는 느낌이었네."

"역시 몬스터와 싸우거나 탐색하는 것도 재미있지만, 사람끼리 싸우는 것도 수요가 있는 게 아닐까?"

"사리도 그런 거 잘하니까."

"그렇지……. 잘하고, 좋아해."

벨벳이 말했듯 이기고 지는 것으로 차이가 크게 나는 싸움이 가능한 것은 이벤트 정도다. 의욕을 내는 플레이어가 있는 것도 납득할 수 있다.

"9층에서 또 탐색하고, 다음에는 이벤트야!"

"…………."

"사리? 무슨 일 있어?"

"음. 아, 조금…… 전략을 생각해 봤어. 말은 그래도 자세한 전투 형식을 모르니까 어쩔 수 없지만."

아직 대규모 대인전 이벤트가 있다는 것만 알았을 뿐이다. 제 4회 이벤트처럼 설치된 아이템을 빼앗는 형식일 가능성도, 배틀로열 형식이 될 가능성도 있다.

내용에 따라서 가장 적합한 전투 방식도 크게 달라지리라.

"지금 신경 써도 소용없으니까, 우선 9층에 가야지. 이벤트까지 메이플이 또 강해지지 않는다는 보장도 없으니까."

새로운 층이 추가된다는 것은 이벤트와 던전이 단숨에 늘어난다는 의미이기도 하다. 그렇게 되면 또 이차원적인 방향으로 강해지는 일도 생기리라. 물론 가능성은 작을 것이다. 하지만 우연히 이것저것 찾아낸 결과로 탄생한 괴물이 지금 여기에 있다. 그러니까 사리는 가능성이 아예 없다고는 말하지 않는다.

"좋아. 힘낼래!"

"응. 나도 스킬을 잘 쓸 수 있도록 만들게."

사리는 사리대로 기한이 어느 정도 정해진 이상 그때까지 새로운 유니크 시리즈를 쓴 전투에 익숙해져야 한다. 앞으로 상대하는 것은 몬스터가 아니라 정상급 플레이어들이다. 지금은【홀로그램】과【허실반전】으로 메이플의 스킬을 복제하는 것과 무기 형태의 변화 정도밖에 능력을 쓰지 않았다. 모든 스킬을 완벽하게 쓸 수 있어야 하리라.

"이제 돌아갈까."

"응! 사람들이 많이 와서 놀랐어."

이번 방문 목적은 공략이 아니라 곁에서 본 던전의 분위기와 넓이, 위치를 확인하는 것이므로, 사리는 다시 보트의 노를 젓기 시작한다.

제트스키와는 다른 느긋한 선박 여행이 되므로, 메이플은 낚싯대를 꺼내 줄을 늘어뜨린다.

"후후후, 마을에 도착할 때까지 낚일까?"

"나, 낚일 거야! 한 마리 정도는!"

낚시에 관해서는 게임 초기부터 하나도 변한 것이 없으므로, 낚일 때까지 걸리는 시간이 전혀 줄어들지 않았다.

한 마리 정도는 낚이길 바라며, 사리는 몰래 속도를 줄여서 마을로 노를 젓는다.

느긋한 시간이지만, 사리는 뭔가 생각한 바가 있는 눈치다.

"싸울 기회가 있을 때……."

벨벳의 말을 슬쩍 입 밖에 꺼내서 곱씹는다. 누가 들으라고 한 것이 아닌 그 말은, 사리 자신이 젓는 노가 내는 물소리에 섞이고 공기에 묻혀 사라졌다.

7장 방어 특화와 9층 도달.

그렇게 시간이 흘러, 9층 업데이트 날이 찾아왔다. 【단풍나무】도 여덟 명이 모여서 예전에 그 물속 깊이 이어지는 탑을 공략하러 갈 예정이다.

"8층에서는 【수영】과 【잠수】 레벨이 오른 게 수확이었지."

"9층에서도 쓸 일이 있으면 기쁘겠는데."

"작별은 참 빠른 법이야. 하지만 물 속성으로 이것저것 만들려면 또 와야 할까?"

"으으, 우리도 【수영】 스킬이 생기면 좋았을 텐데요."

"스테이터스가 부족해요……."

"그만큼 오늘은 활약하게 할 거지만 말이야. 후다닥 해치워주면 내가 편해."

""네!""

"좋아. 그러면 바로 출발하자!"

"시럽, 부탁할게."

모두가 한꺼번에 이동하기 위해서 이번에는 지형과 관계없는 시럽이 딱 좋다.

메이플은 시럽에게 【거대화】를 쓰게 하고 모두를 등에 태워서 탑이 있는 곳으로 날아간다.

"지상에서는 하쿠로 이동할 때가 많았으니까."

"날 수 있는 건 역시 굉장하구나."

이번에는 던전과 몬스터 모두 물속이 메인이어서 하늘에는 몬스터가 없으니까 자유로이 날아갈 수 있다.

그리하여 별다른 트러블이 생기는 일 없이 멤버 여덟 명 모두가 목적지인 탑에 도착할 수 있었다.

근처에 시럽을 세워서 탑으로 뛰어넘고, 시럽을 원래 크기로 되돌린다. 아무리 그래도 【거대화】 상태로는 건물 안에 들어갈 수 없다.

준비도 다 됐고, 【헌신의 자애】를 발동한 메이플을 중심으로 모인다. 탑 상층부는 물에 잠기지 않아서, 너비가 십여 미터는 되는 바닥에는 아래로 통하는 나무 문이 설치되어 있었다. 들어서 열면 한 층 아래의 천장 부분이 열린다.

"물을 막는 계단이 아닌 셈인가."

"몬스터는 없는 것 같군. 내려가도 문제없겠지."

딱히 몬스터가 공격할 낌새도 없어서, 여기까지는 아직 입구인 것을 알 수 있다.

"그러면 안전을 위해서 이쯤에 설게요!"

메이플은 문 근처에 서서 【헌신의 자애】의 원기둥 모양 범위에 아래로 통하는 길이 들어가게 한다.

"그러면 열어 보지."

크롬이 문을 열자 창문이 없기도 해도 아래는 깜깜했다. 라이트로 아래를 비춰 보니 그곳은 아직 물에 잠기지 않은 듯하지만, 뭔가 움직이는 낌새가 느껴진다.

"뭔가 있군……."

메이플의 방어망은 아래에도 닿으니까 문제없지만, 쇠로 된 수직 사다리가 있어서 한꺼번에 뛰어내리긴 어렵다.

"마이와 유이, 아니면 카스미를 데리고 같이 뛰어내려도 되겠지만……."

"하지만 우리가 더 위에 있지?"

그렇다면 다른 방식으로 싸울 수 있다며 이즈가 씩 웃는다. 왠지 모르게 짐작한 크롬은 그게 제일 안전하다며 아래로 뛰어내리기를 그만뒀다.

그 뒤로 일어난 일은 참으로 끔찍했다. 유일한 출입구에서 릴레이로 전달되어 아래층으로 퍼부어진 대량의 폭탄. 그것이 방에 가득 찼을 즈음에 불을 일으키는 크리스탈을 던져 문을 닫는다.

"귀를 막아!"

그 직후에 엄청난 굉음과 함께 아래층에서 진동이 전해진다. 나무 문이 파괴되지 않고 멋대로 열리는 일이 없는 오브젝트여서 메이플 일행이 있는 층은 아무렇지도 않지만, 아래에 살아남은 생명체는 없으리라.

"지리적 이점이란 참 무서운 거로군……."

"그래, 그렇군."

"한동안 이렇게 가자. 물속이 되면 생각할게."

그리하여 몇 층인가를 이즈의 폭격으로 방이 전멸하는 무차별 공격으로 무슨 몬스터가 있는지도 모른 채로 산산조각 내면서 진행해 나간다.

"이즈 씨에게 유리한 포지션을 주면 무서워."

"굉장해! 이러면 다들 안전해!"

공격은 최대의 방어라는 말이 있지만, 무슨 일이 생기기 전에 전부 날리면 문제없는 법이다.

"어…… 그런데 분위기가 조금 달라졌는데. 여기부턴 물속이야."

"어머, 그러면 폭탄은 조금 어렵겠구나."

"그 대신 어둡지 않군. 큼직한 물고기가 헤엄치고 있지만."

"그러면 잠수복을 입고 들어갈까요? 마이와 유이가 가운데서 날뛰게 하는 걸로."

"들어가는 순간은 지켜줄 수 있어!'

"좋아. 그러면 가 볼까."

메이플이 있다면 문제없다며, 만약을 대비해 크롬이 앞장서고 마이와 유이를 데려가게 한다.

물속에 뛰어들자 그것에 반응해서 헤엄치던 물고기들이 날카로운 이빨을 드러내며 단숨에 덤벼든다.

"나를 신경 쓸 여유는 없을걸? 마이, 유이!"

""【퀵체인지】!""

크롬에게 물고기가 몰린 틈에 뒤늦게 들어간 마이와 유이가 제각기 여덟 개의 망치를 휘두른다.

하나하나가 아까 이즈가 쓴 폭탄 전체를 압축한 듯한 위력을 지녔다.

그저 망치만 휘두르는 일반 공격. 그러나 그것은 다른 플레이어의 필살기가 지닌 파괴력을 능가한다.

망치가 스친 것부터 말 그대로 가루가 되고 터져서 소멸한다. 두 사람의 단순한 폭력은 순식간에 방을 온통 휘젓고, 모든 것을 없애 버렸다.

"휴…… 같은 편이니까 맞아도 대미지가 안 뜨는 걸 알지만, 긴장되는걸."

마이와 유이도 맞지 않게 해주지만, 모든 것을 파괴하는 쇳덩이가 눈앞을 통과하면 반사적으로 몸이 굳는 법이다.

"굉장해!"

"잘됐어요!"

"메이플 씨도…… 방어해 주셔서 고맙습니다."

"에헤헤, 두 사람 덕분에 전혀 필요 없었지만."

만에 하나 공격을 맞아도 문제없다는 안심감이 있어서 마음껏 공격할 수 있었다는 말. 크롬은 그것을 듣고, 그것이 방패 유저의 본래 역할이라며 혼자 끄덕였다.

"아무 일도 없이 끝난 것 같네요."

"오오, 사리. 뭐, 그렇지. 쟤들이 무기를 휘두르면 피라미는 문제없을 거야. 그리고 역시 위아래로도 【헌신의 자애】가 통하는 게 진짜 끝내줘."

"그렇죠……."

범위도 넓고, 탑의 너비를 전부 커버하니까 메이플의 방어력을 돌파하는 것이 이 탑의 몬스터가 대등하게 싸울 수 있는 조건이다. 그것이 너무나도 힘들어서 거의 불가능하다는 것은 모두가 잘 알았다.

"좋아. 팍팍 가자! 다들, 공격은 맡길게!"

여덟 명이나 있다면 메이플은 무리해서 공격하러 나서지 않아도 된다. 그만큼 갑자기 대미지를 받는 일이 생길 때를 대비해 포션을 준비하는 게 중요하다. 메이플이 쓰러지지 않는 이상 전선의 무너지는 일은 있을 수 없으니까.

이즈 중심의 공략에서 마이, 유이, 카스미, 사리의 딜러 4명 중심의 공략으로 전환하고 더 아래로 내려간다. 움직임이 빠른 몬스터는 카스미와 사리가 담당하고, HP나 방어력이 있어 보이는 몬스터는 마이와 유이가 이를 능가하는 힘으로 날려 버린다.

크롬이 유인하고, 네크로의 스킬로 【AGI】를 낮춤으로써 딱히 고생하지 않고 몬스터를 격파할 수 있었다.

"역시 대단해. 우리가 공격하러 나설 필요는 없겠네."

"후후. 나는 편해서 좋아. 책도 아낄 수 있고."

"또 늘어났구나. 다 쓸 때가 있기는 할까?"

"음. 있을지도?"

"카나데가 그 책을 다 쓰면 엄청난 일이 벌어질 것 같은걸."

"하하하. 그러네. 모든 스킬이 필요할 것 같아지면 쓸게."

대체 누구를 상대할 때 필요해질지, 메이플과 이즈는 상상할 수조차 없다.

그렇게 세 사람이 이야기하는 동안에 아래층에서 사리가 불쑥 고개를 내민다.

"끝났어. 다음은 갑자기 깊어지니까 다 같이 들어가고 싶대."

"네-!"

"몇 층을 한꺼번에 통과하는 느낌일까? 일단 마도서를 쓸 준비는 해 둘게."

"응. 그렇게 해줘. 밖이 안 보이니까 모르겠지만, 꽤 깊이 잠수했을 거야. 슬슬 보스가 나와도 이상하지 않아."

모두가 모여서 다음 층으로 넘어가 보니 그곳은 바닥이 전부 꺼지고 저 멀리 밑바닥까지 벽만 남은 상태였다. 바닥이 꺼진 상태와 벽에 남은 흔적으로 봐서는 물이 침식해서 무너진 것이 아니라 거대한 무언가가 파괴한 것처럼 보였다.

"꽤 깊은데? 이걸 끝까지 내려가려면 빡세겠군."

"다만 층이 나뉘지 않은 만큼 한꺼번에 진행할 수 있다고도 할 수 있겠지."

"뭔가 빛났어……? 모두!"

어떻게 할지 한창 이야기하고 있을 때, 저 멀리 아래쪽에서 뭔가가 빛난 것을 본 사리가 모두에게 경계를 촉구한다. 그렇게 모두가 아래를 본 그때, 빛나는 물덩어리 세 개가 조금씩 시간 차이를 두고 날아왔다.

사리, 카스미가 재빨리 움직여서 회피하고, 크롬이 그중 하나를 방패로 막는다. 이즈와 카나데도 간신히 피하지만, 원래부터 움직임이 느리고【수영】스킬도 없는 마이와 유이는 미처 피할 수 없다.

마이와 유이에게 직격하자 물거품 같은 이펙트가 터진다.【헌신의 자애】로 대신 공격받는 대상은 메이플이기 때문에, 모두가 메이플을 돌아본다.

"대미지는 없어! 그런데 공기가!"

직격한 횟수만큼 나머지 공기가 확 줄어든 것을 확인한 메이플이 현재 상황을 전파한다.

"그렇군. 확실히 그런 약점은 있나……!"

"징그러운걸. 긴 던전에서 공기가 줄어드는 공격을 쓰는 적이라."

다만 기존과는 다른 분위기와 전투 지형의 변화를 통해서 이것이 보스의 공격임을 짐작할 수 있다.

그러나 애초에 거리가 멀어서 모습이 보이지 않는다. 깊고 어두운 물속에서 일행보다 사거리가 훨씬 긴 공격이 날아오기만 한다.

"방패로 막으면 문제없어. 나랑 메이플을 중심으로 방어하면서 밑으로 내려가자. 시간을 너무 끌면 메이플이 위험해!"

"그러네. 나도 방어 마법을 준비할게."

"나도 칼로 쳐내지. 【심안】도 있다. 공격 조짐을 포착하마."

"나도 방패로 바꾸는 게 도움이 될까?"

"마이, 유이. 모두가 지킬게. 그러니까 끝까지 가서 한 대 때려주렴!"

""네!""

"좋아! 다들 가자!"

메이플의 호령으로 멤버 8명이 바닥을 목표로 잠수한다. 마이와 유이를 뒤로 물리고 메이플과 크롬을 앞에 내세워 수비를 다지고, 이즈와 카나데로 지원하면서, 최전선에서는 카스미와 사리가 먼저 공격을 쳐내는 구성이다.

승리 조건은 마이와 유이를 아래에 있는 무언가에게 보내는 것이다. 공격 범위에만 들어오면 해치우지 못할 것이 없다.

"이번에 네 개!"

"이쪽은 맡겨라!"

"하나는 가져가마!"

카스미가 잽싸게 일본도를 휘두르자 물덩어리가 직격 직전에 작게 쪼개져서 거품으로 변해 사라진다.

사리는 안전을 생각해서 무기를 방패로 바꾸고 막는다. 나머지 두 개는 메이플과 크롬이 제각기 방어해서, 하나도 직격에 이르지 않는다.

""고맙습니다!""

"역할 분담이야!"

"그래. 적재적소란 거지. 너희는 보스를 날리는 것에만 집중해 줘."

그렇게 차례차례 날아드는 물덩어리에 잘 버티고 있을 때, 카스미와 사리는 물속에서 희미한 변화를 감지했다.

"흐름이…… 카스미!"

"【심안】!"

사리의 예감을 확신으로 바꾸고자 카스미가 스킬을 발동한다. 그 눈에 보인 것은 벽 근처를 제외한 공간이 공격 예측 이펙트로 새빨갛게 빛나는 광경이었다.

"벽에 붙어! 뭔가 온다!"

【심안】을 쓴 상태인 카스미의 말은 확실하다. 그것은 잠시 후 확실하게 일어나는 일이다.

모두가 벽에 붙은 직후, 중앙을 쳐올리듯이 물살이 지나간다. 걸렸으면 대미지를 입는 것으로 그치지 않고, 출발 지점으로 돌아갔으리라.

"다음엔 가장자리로 온다! 중앙으로 돌아가!"

"카스미, 아직 괜찮아?"

"그래……. 【전장의 수라】, 【심안】."

카스미의 몸에서 빨간 오라가 피어오르고, 스킬 재사용 대기 시간이 확 줄어든다. 이로써 【심안】도 연속으로 사용할 수 있게 되었다.

"효과가 끊기면 스킬을 쓸 수 없게 되지만, 마이와 유이만 보내면 내 스킬은 필요 없겠지."

【전장의 수라】의 디버프 효과로 스킬을 쓸 수 없게 되더라도, 마이와 유이를 지키는 게 더 낫다.

지금의 카스미에게 어지간한 공격은 통하지 않는다.

확정적인 미래를 봄으로써 조짐이 거의 없는 공격을 완벽하게 회피해 나간다. 경험과 직감에 의존하지 않는 회피니까 실수하거나 잘못 판단하는 일도 없다.

덮쳐드는 물살을 완전히 피했을 때, 【전장의 수라】의 효과가 끊기고 카스미의 시야가 원래대로 돌아온다.

"시간이 다 됐나……. 뒤를 부탁한다."

"꽤 잠수했어. 슬슬 보여도 이상하지 않아."

그렇게 말하고 물 밑바닥을 가만히 보자 어둠 속에서 마치 밤하늘의 별처럼 빛이 무수히 빛나는 것이 보였다.

그것이 무엇인지 모를 멤버들이 아니다.

"방어벽을 만들게!"

"소우. 【각성】, 【의태】. 【가드 매직】."

카나데는 자신과 소우로 방어벽을 전개하고, 이즈는 잽싸게 꺼낸 크리스탈을 던져서 파직파직 소리를 내는 에너지 배리어를 펼친다.

물 밑바닥에서 빛난 것의 정체는 대량의 물 폭탄. 그것은 회피가 거의 불가능한 탄막이 되어 멤버들을 덮친다. 그러나 직격 코스에 있는 것은 겹겹이 쳐진 방어벽에 막혀 직격을 모면했다.

"보여……!"

가장 앞쪽에 있던 사리는 그제야 보스의 모습을 눈으로 인식한다. 수많은 지느러미와 탑의 너비를 최대한 쓴 거대한 몸. 아름답게 빛나는 푸르스름한 비늘. 그것은 물고기가 아니라 수룡(水龍)으로 불리는 존재였다.

수룡은 멤버들이 접근하는 것을 눈치채고 몸을 움직여 엄청난 속도로 상승하기 시작한다.

"으……! 보내지 마! 그랬다간 위아래가 역전돼!"

밀려나서 돌파당하면 또 공격을 피하면서, 이번에는 위로 올라가야 한다. 원래라면 피할 수 없는 일이다. 그러나 여기 있는 멤버들이라면 잠시 빈틈을 만들면 어떻게든 된다.

"소우, 【슬로 필드】!"

"네크로, 【죽음의 무게】다!"

소우에 의해 공간이 일그러지고, 네크로의 힘으로 크롬의 등 뒤에 거대한 해골이 나타난다. 그것들은 하나같이 수룡의 움직임을 굼뜨게 하고, 속도를 떨어뜨린다.

"【심해의 부름】!"

메이플이 한껏 펼친 촉수 중 하나가 수룡의 몸에 명중하고, 대량의 대미지 이펙트가 뜬다. 그러나 그것은 본래 스킬의 효과가 아니다. 어디까지나【악식】에서 유래한 것이다. 이 촉수가 지닌 진짜 효과는 다른 것이다.

찌릿 소리가 나고 수룡의 몸이 아주 잠시 마비된다. 보스라서 효과가 있는 시간은 고작해야 1초 정도다.

그러나 1초만큼은.

움직임이 완전히 멈췄다. 그리고 그 순간을 쭉 기다리던 두 사람이 있었다.

""【더블 임팩트】!""

망치 16개가 그 몸을 노리고 강렬한 공격을 가한다. 내성을 지닌 특수 보스, 혹은 레이드 보스가 아닌 이상 이 압도적인 힘에는 버틸 수 없다.

16번의 충격이 온몸을 강타하고, 보스는 HP가 순식간에 날아가 소멸했다.

보스를 격파하고 조용해진 탑 내부를 잠수하자 바닥에 마법진이 있고, 다음 층으로 전이할 수 있음을 알 수 있었다.

"수고했어! 모두 덕분에 공기도 괜찮아!"

"다행이야. 메이플도 나이스 마비."

"그 촉수의 마비가 활약하는 건 드문 일인데."

"어지간한 몬스터는 마비되기 전에 먹히니까 그렇겠지."

"그러네……"

던전을 깼으니까 이것으로 온통 물로 뒤덮인 세계와 한동안 작별한다.

공기 문제도 있다. 여기서 너무 오래 이야기하는 것은 상책이 아니라며, 멤버들은 다음 층으로 통하는 마법진을 탔다.

"어떤 곳일까?"

"가 보면 알겠지."

그리하여 【단풍나무】 멤버 여덟 명은 빛에 휩싸여 사라진다. 잠시 후, 새하얬던 시야가 원래대로 돌아오자 발이 지면을 단단히 내디딘 감각이 들었다. 멤버들은 잠수복을 벗고 탁 트인 시야로 눈앞에 펼쳐진 세계를 확인한다.

언덕 위에서 내려다보이는 그곳은 두 가지 뚜렷한 특징을 지닌 지역이었다.

한쪽은 물과 얼음, 나머지 한쪽은 불과 번개가 보인다. 제각기 빛과 어둠을 상징하듯이 밝고 울창한 숲이 보이는 구역과 바위가 눈에 띄고 용암이 고인 어두운 구역. 대조적인 특징은 여기서 얼핏 보기만 해도 여러 개를 들 수 있다.

그리고 어느 쪽에도 멀리서도 보이는 큰 마을이 있다는 것을 확실하게 알 수 있다.

"아하, 그렇군. 대립하는 대인전이 뭔지 조금 알겠어."

"그래. 이만큼 알아보기 쉬우면 말이지."

"길드 단위로 한쪽과 손잡는 걸까? 아니면 개인적으로?"

"언니는 어디가 좋아?"

"어, 우웅…… 녹음이 진 곳이 안전해 보이는데……."

【단풍나무】 멤버들도 새로운 층의 처음 보는 경치에 제각기 반응을 보인다.

"메이플은 어쩔래? 아마도 어느 한쪽의 편을 드는 느낌일 거야. 인상을 말하자면 빛과 어둠의 느낌일까?"

메이플은 스킬만 보면 어둠에 가깝다. 물론 8층에서 빛 성분을 보충했지만.

"으으. 보지 않으면 모르겠어."

"그것도 그러네. 이벤트 때 정하게 될 테니까."

그때까지는 탐색을 속행하고 가고 싶은 곳을 정하게 되리라.

경치가 좋은 곳은 녹음이 짙은 쪽. 다만 지금껏 본 적이 없는 것은 용암과 바위로 가득해서 위험한 구역이 더 많을 것이다.

메이플은 이렇게 고민하고 있지만, 당연히 어느 쪽이든 볼거리가 있으리라.

"좋아! 많이 걸어 다니자!"

새로운 층을 내려다보고, 메이플은 기운차게 선언했다.

350 이름 : 무명의 창 유저
드디어 대인전이 오나.

351 이름 : 무명의 활 유저
성장을 보여줄 때야.

352 이름 : 무명의 대검 유저
내용은 아직 모르지만 일찍 탈락하지 않게 잘해보고 싶어.

353 이름 : 무명의 마법 유저
나도 강해졌지만 괴물은 진짜 괴물이니까.

354 이름 : 무명의 방패 유저
뭐 일대일 느낌은 아니니까 어떻게 움직일지에 달렸겠지.

355 이름 : 무명의 마법 유저
아, 괴물 패밀리 사람이다.

356 이름 : 무명의 방패 유저
누구더러 하는 소리야.

357 이름 : 무명의 대검 유저
어때? 8층에선 특별한 일 없었어?

358 이름 : 무명의 방패 유저
이것저것 있었지만 그게 다야.

359 이름 : 무명의 창 유저
이건 또 뭔가 저질렀군. 저질렀어.
무조건 저질렀어.

360 이름 : 무명의 활 유저
그렇게 이상한 일이 툭툭 생기진 않을 텐데.
생기지 않겠지……?

361 이름 : 무명의 마법 유저
좀 있으면 대인전이니까
적 진영이 되면 직접 체험할 수 있지 않겠어?

362 이름 : 무명의 대검 유저
하다못해 포학 타입은 그만둬.

363 이름 : 무명의 창 유저

어떨까? 한 손만 있었던 촉수가 온몸이 된다면.

364 이름 : 무명의 활 유저
아, 쭉 물속에 있었으니까.
촉수가 한두 개 추가되어도 이상하지 않을지도.

365 이름 : 무명의 방패 유저
메이플을 뭐라고 생각하는 거야.

366 이름 : 무명의 창 유저
최종 보스.

367 이름 : 무명의 활 유저
괴물+인간÷2 천사 조금
~촉수를 곁들여서~

368 이름 : 무명의 대검 유저
병기도 곁들여.

369 이름 : 무명의 마법 유저
맛없겠다.

370 이름 : 무명의 방패 유저
오히려 먹히는 건 언제나 상대란 말이지.

371 이름 : 무명의 창 유저
당연하다는 듯이 먹지 마.

372 이름 : 무명의 활 유저
하지만 진짜로 전혀 강해지지 않았을 가능성도 있잖아.

373 이름 : 무명의 대검 유저
너무 심한 희망적 관측.
그런 일이 있기는 했나?

374 이름 : 무명의 방패 유저
어떤지는 자기 눈으로 확인해.

375 이름 : 무명의 마법 유저
그건 적으로 마주친다는 뜻 아닙니까?
가까이서 보고 싶기는 하지만……
————————————————————————————

어떻게 됐는지는 직접 보기 전까지 모른다. 물론 그것은 메이플 말고 다른 플레이어도 해당하는 말이다.

메이플 일행. 그리고 라이벌인【집결의 성검】,【염제의 나라】,【thunder storm】,【래피드 파이어】멤버들은 각자 시간을 보내며 9층을 탐색하고, 마침내 찾아올 대인전 이벤트 개최를 기다렸다.

번외편 방어 특화와 속마음.

　8층. 평소처럼 잔잔한 수면을 천천히 나아가는 보트에는 릴리와 월버트가 있다.

　오늘은 9층 업데이트가 발표되어서 사전 답사차 9층으로 통하는 던전에 들어갈 예정이다.

　"릴리, 앞쪽에……."

　"하하하. 이만한 소리가 들리면 다 안다. 그나저나…… 여전히 굉장하군."

　진행 방향을 등진 릴리는 몸을 돌려서 소리가 난 곳을 직접 확인한다. 맑은 하늘의 하얀 구름. 날씨는 푸근하지만, 그 일부분만은 벼락이 마구 떨어지고 있었다.

　그것은 때때로 영역이 통째로 이동하고 있으니까, 두 사람도 이것이 8층 이벤트가 아님을 눈치챘다.

　"올라온 것 같습니다."

　"그런가. 그렇군……. 잠시 기다리지."

　"네."

　바다에 떨어지는 벼락이 잠잠해지고, 그 대신에 물속에서 두

인물이 나타난다. 【thunder storm】의 벨벳과 히나타다.

　"여전히 요란한 스킬이로군. 음."

　"응……? 아, 릴리로군요!"

　"오늘도 전투인가? 그렇다고는 해도 이 근방의 몬스터로는 상대가 안 되겠지만."

　벨벳의 광범위 뇌격은 물속을 잽싸게 움직여 유리해지려고 하는 물고기들이 어떻게 할 수가 없다. 다소 민첩한 정도로는 접근하기만 해도 까맣게 탄다. 대화가 길어질 듯한 분위기를 느낀 히나타는 자신과 벨벳을 둥실 띄워서 인벤토리에서 꺼낸 보트에 착지시킨다.

　"어차…… 고맙습다! 그렇군요. 부족합다. 하지만 다음 이벤트는 대인전이니까 그때까지 참을 겁니다!"

　강한 몬스터보다 강한 플레이어가 더 쉽게 떠오른다. 8층에 도착할 무렵에는 제각기 독자적인 길을 걸은 플레이어도 있어서, 당연히 그것이 강함과 연결되는 자도 많다.

　"대인전이라. 진영 대결이라면 길드 단위보다도 큰 규모가 되겠지."

　자세한 내용은 아직 모르지만, 여러 길드가 힘을 합쳐 싸우는 전개를 예상할 수 있다.

　"그렇죠."

　"나로서는 미리 아군이 될 사람을 찾고 싶어서 말이지. 그 뭐냐, 싸우고 싶은 상대로서 우리는 우선도가 조금 낮겠지?"

"……벨벳, 어때?"

히나타는 벨벳의 판단에 맞출 작정인 듯 딱히 이렇다 할 코멘트가 없다. 벨벳은 릴리의 말을 듣고 조금 생각에 잠긴다.

"으으. 예전에 전력을 다했으니까 말이죠."

"하하하. 그때는 고마웠다."

"그러니까 당신들의 강함은 잘 압니다. 어떻습니까? 생각이라도 해주시면."

윌버트가 그렇게 제안하자 벨벳은 잠시 생각한 다음 고개를 크게 끄덕인다.

"정말로 그럴지도 모르겠슴다! 싸우고 싶은 사람도 늘어났으니까요."

"……게다가 길드 사람들한테도 좋은 소식, 일지도?"

"그렇슴다! 항상 휘둘리게만 했으니까……."

【래피드 파이어】와 손잡을 수 있다면 다음 대인전 이벤트에서 큰 세력이 될 수 있으리라. 대규모 길드 자체가 적고 그중에서도 힘을 지닌 길드이니까, 손잡을 상대로서는 가장 좋다고 할 수 있을 정도다. 이거라면 길드 멤버들도 반대하지 않을 것이다.

"물론 이걸로 결정인 건 아니지. 게다가 다른 쪽에도 시기를 봐서 개인적으로 타진해 보고 싶거든."

사정이 여의찮으면 거절해도 상관없다고 릴리는 말한다. 아무튼 먼저 제안을 전하는 데 의미가 있는 것이다.

"여러분도 강해졌습까?"

"흠. 어떨까, 뭘?"

"일단 레벨은 올랐습니다. 게다가 스킬도 안 늘어난 게 아니죠. 그러니……."

"후후. 그런 셈이다."

8층을 거쳐 강해진 것은 딱히 메이플 일행만이 아니다. 각 플레이어도 제각기 뭔가를 물속에서 건진 것이다.

"오오! 대단합니다!"

"그러는 너희는 어떻지?"

"나는 별로네요. 길드에는 이것저것 찾아낸 사람이 있지만. 그래도 히나타는 다릅니다!"

"오호라. 더더욱 적으로 만들고 싶지 않군."

"여러분은 앞으로 어딜 갑니까?"

"네. 9층으로 통한다는 던전을 먼저 알아보러 갑니다."

너희도 오겠냐? 왜, 손을 잡을지 말지…… 그런 이야기를 하기 전에 실력 변화도 보고 싶지 않으려나?"

"갑니다! 갑니다! 히나타도 가는 겁니다!"

"……상관없지만, 새로운 스킬을, 쓴다는 보장도 없으니까……."

"정해졌으면 바로 가지. 가는 길에 이야기도 하면서."

그리하여 네 사람은 함께 목적지인 던전에 가기로 했다.

◆ □ ◆ □ ◆ □ ◆ □ ◆

　오랜만의 대인전 공지는 당연히 다른 길드에도 파문을 일으켰다. 특히 지금껏 대인전에서 좋은 결과를 남긴 길드는 마크당하는 처지여서, 준비도 철저하게 해야만 한다. 메이플은 특히나 알기 쉬운 예이지만, 어떤 플레이어든 스킬 상성에 따라 명확한 유불리가 생긴다.

　스킬이 풍부한 이 게임이라면 그것을 잘 살리면 하극상도 가능하리라.

　그런 가운데, 그렇게 두지 않겠다며 더 강해지려는 길드도 있다. 정상을 달리는 대규모 길드인 【집결의 성검】도 그중 하나다.

　"프레데리카, 정보는 모였나?"

　"일단은 말이지. 하지만 8층은 물에 잠겼고, 몇 번이나 말하는 거지만, 나는 적성이 별로 없단 말이야."

　드레드의 질문에 프레데리카가 나른하게 대답한다. 마법으로 속도를 올릴 수는 있지만 원래부터 후방 직종인 마법사의 스테이터스라서 플레이어에 따라서는 쉽게 뿌리친다. 하지만 페인은 크게 신경 쓰는 기색도 없이 입을 열었다.

　"알아낼 수 있다면 조금이라도 알고 싶다. 게다가 대인전 앞에는 9층이 기다리고 있다고 하더군. 그것이 중요해지겠지."

8층이 끝나고 9층으로 넘어간 플레이어들은 익숙한 지상에서, 물속에서 입수한 다양한 것들을 사용하기 시작할 것이다. 어느 플레이어가 얼마나 강해졌는지는 진영 대결에서도 중요해진다. 릴리가 그랬던 것처럼 강한 플레이어, 강해진 플레이어를 찾아내 같은 편으로 끌어들일 수만 있다면 싸움도 유리하게 진행할 수 있으리라.

"응. 거기서 8층의 몫도 힘낼게."

"대인전인가. 길드전 때보다 규모가 크겠지? 고생이 참 많을 것 같군."

그렇게 말하는 드라그의 말투는 가볍고, 드레드도 가볍게 대꾸한다.

"프레데리카가 도움이 되지 않겠어? 대량의 버프가 살아나겠지."

"아이참. 다들 집단전에서도 강해져야 하거든─?"

"지난번 이벤트에서도 도움을 받았다. 당연히 다음에도 기대하고 있다."

"내 역할이니까 잘하긴 할 거지만 말이야─."

"그래서? 어때, 페인. 진영 대결이라면 동료를 만드는 게 승리하기 쉬워질 거다."

"그러게 말이다. 아군이 많으면 편하겠지."

"물론, 제안은 할 작정이다. 다만…… 그러면서도 우리만으로 상황을 뒤집을 힘을 기르고 싶군."

"바라는 게 너무 많네−."

페인은 진심인 듯, 그것은 다른 세 사람에게도 전해졌다. 누군가를 의지하는 일 없이 모든 면에서 능가할 수 있다면, 가장 빈틈이 없는, 그야말로 최강이라고 할 수 있겠지.

"좋은걸! 그런 건 싫지 않아!"

"그런가. 그렇게 말해 준다면 기쁘군."

"뭐, 불확정 요소는 없는 게 나으니까."

자신들 말고는 완벽하게 알 수 없다. 그렇다면 파악할 수 있는 범위에서 최선을, 최강을 관철한다.

"전투 때의 연계를 확인해두자. 프레데리카가 집단전에 강한 건 사실이지만, 드레드도 드라그도 테이밍 몬스터의 힘을 빌림으로써 전투의 폭이 넓어졌을 거다."

"물론이지!"

"할 만큼은 한다. 한다면 이기는 게 좋으니까."

"나한테 공격이 오지 않게 잘해−."

【집결의 성검】도 그들만의 방식으로 다음 이벤트의 승리를 목표로 삼고, 이를 위한 조각을 모으기 시작한다.

메이플 일행과 교류가 있는 나머지 길드는 【염제의 나라】다. 여기도 오늘은 대인전과 9층 이야기로 정신이 없었다.

"다들 신난 것 같군."

"그야 대인전은 오랜만이고, 사람에 따라선 당연히 설욕할 기회일 테니까."

본인도 의욕을 드러내는 신의 뒤에서, 미저리와 마르크스도 이어서 말한다.

"활기차서 좋네요."

"강한 사람과 싸울 걸 생각하면 속이 쓰린데."

"그래서 말인데. 어쩔 거지, 미이? 당연히 이기려고 할 거지?"

"물론. 다만 아직 모르는 것도 많다. 형식, 전투의 무대. 기간……. 최종 판단은 미뤄야겠지. 손에 쥔 카드를 숨기고, 한계까지 결단을 보류하는 이점은 반드시 있다."

"뭐, 그것도 그렇지. 움직이면 누군가가 눈치챌 테니. 상대가 먼저 대책을 철저히 세우는 것도 좋지 않아."

"그래. 그 점에서 신은 약점이 적다. 그 강점을 살려주길 바란다."

"오냐! 맡기라고!"

미이라면 불 대미지 경감. 마르크스라면 함정 간파. 미저리라면 회복량 감소. 세 사람에게는 명확한 대처법이 있다. 항상 대인전을 상정하는 게임이 아니어서 현시점에서는 그것을 전부 완벽하게 갖춘 플레이어는 적겠지만, 적대할 것을 알게 되면 이야기가 달라질 것이다.

"게다가 길드 여러분도 있으니까요."

"모두 믿음직해……. 나보다……."

"모두가 하나로 뭉쳐서 싸우면 좋겠지만 말이야. 미저리랑 마르크스가 있으니까 집단전에는 자신이 있고."

끈질기게 전선을 유지하면 미이를 필두로 고화력 마법으로 상황을 개선할 수 있으리라. 압도적인 개개인의 힘으로 일점 돌파도 가능하지만, 강점은 그것이 전부가 아니다.

"다른 길드는 어쩌지? 왜, 미이는 【단풍나무】와 교류가 제법 많잖아?"

"현시점에서는 딱히 동맹이나 적대를 고려하지 않는다. 같은 편으로 만들면 당연히 든든하다. 그러나 우리도 설욕해야만 하는 상대다."

"그렇지……. 만약 상대하게 되면…… 이번엔 막을 거야. 열심히……. 아마도."

"하하. 이봐. 그럴 때는 확실하게 말해 주라고." "모두가 힘을 합쳐요."

"거듭 말하지만, 아군이라도 상관없다. 기본적으로는 흐름에 맡기겠다."

"오케이. 그렇다면 나도 조금 더 단련할까. 누구랑 붙어도 좋게 말이지. 마르크스도 오지 않을래? 【붕검】의 세세한 제어를 시험하고 싶어."

"좋아……. 나도 새로운 트랩을 시험할 거니까."

"잘 다녀오세요."

"오냐!"

"응…… 다음에 또 봐."

손을 흔드는 미저리에게 각자 반응한 신과 마르크스가 떠나간다. 두 사람도 8층에서 확실하게 성장하고, 새로운 층, 이벤트에 대비하고 있는 셈이다.

그리고 미저리와 둘만 남은 순간, 미이의 긴장이 풀린다.

"하아…… 대인전인가."

"괜찮겠어요, 미이? 진짜로 【단풍나무】에 말하지 않아도."

"응. 아까 한 말은 내 진심이야. 지난번에는 졌고, 그래도 친해졌으니까."

"그런가요. 후후. 어떻게 될까요?"

"으으, 적이 될지 모른다고 생각하면 긴장돼."

"마르크스와 신이 도와줄 거예요."

"나도 힘낼 거니까 미저리도 잘 부탁할게."

"네. 물론이에요."

모두가 각자의 마음을 가슴속에 품고서 무대는 8층에서 9층으로, 그리고 이벤트로 넘어가기 시작한다. 플레이어들이 맞부딪히고, 그 승자가 누가 될지는 아직 아무도 모른다.

후기

　문득 눈에 띄어서 12권을 집어 주신 여러분, 처음 뵙겠습니다. 이전 권부터 읽어 주시는 분은 응원해 주셔서 매우 감사합니다. 안녕하세요, 유우미칸입니다.

　방어올인도 벌써 12권입니다. 요즘에는 여기까지 올 수 있었던 것은 응원해 주신 여러분 덕택임을 절실히 느끼고 있습니다. 이 12권에서는 몇 가지 큰 이벤트가 있었습니다. 이것이 어떤 영향을 줄지는 조금 뒤에야 알겠지만, 기대해 주셨으면 합니다.

　그 밖에도 새로운 장비와 외형이 바뀌는 아이템 등을 삽화로 그려 주셔서, 눈으로 봐도 매우 즐겁게 해 주셨다고 생각합니다. 일러스트 특유의 매력을 팍팍 추가해 주셔서 정말이지 기쁠 따름입니다. TV 애니메이션에 관해서도 또 이야기할 것이 생기면 정보를 전하고 싶습니다. 일러스트가 매력을 더 키워 주듯이, TV 애니메이션도 특유의 방법으로 메이플 일행의 신나는 모험을 전해주는 훌륭한 것이니까요. 이쪽도 느긋하게 기대해 주시면 좋겠습니다.

만화판도 많은 분께서 보시는 것 같으니까, 관계자 여러분의 대단함을 실감하고 있습니다. 저는 만화에 관해서는 문외한이니까, 일개 독자에 가까운 감각으로 대단하다며 보고 있지만요.

그리고 피규어 등도 발매된다고 해서, 이건 또 새로운 경험이라며 저도 감개무량합니다. 괜찮으시면 꼭 구해 보셨으면 합니다. 여러 매체에서, 여러 매력을 즐기는 가운데, 앞으로도 신간이나 속보를 척척 전달하고 싶습니다.

물론, 각 매체에 뒤지지 않도록 원작자인 저도 노력하겠으니까 앞으로도 방어올인을 응원해 주시면 좋겠습니다.

그러면 다음에는 더 새로운 정보를 전할 수 있으면 좋겠다고 생각하며, 이번에는 이쯤에서 줄이겠습니다.

다시 말씀드리자면, 저로서도 메이플 일행의 모험을 다른 관계자 여러분에 뒤지지 않도록 전해 나가겠으니, 앞으로도 잘 부탁합니다. 그리고 언젠가 13권에서 또 만날 날을 기대하겠습니다!

유우미칸

아픈 건 싫으니까 방어력에 올인하려고 합니다. 12

2023년 12월 15일 제1판 인쇄
2023년 12월 20일 제1판 발행

지음 유우미칸 | **일러스트** 코인

옮김 JYH

발행 영상출판미디어(주)
등록번호 제 2002-000003호
주소 07551 서울특별시 강서구 양천로 570 NH서울타워 19층
대표전화 02-2013-5665

ISBN 979-11-380-3886-7
ISBN 979-11-319-9451-1 (세트)

ITAINO WA IYA NANODE BOGYORYOKU NI KYOKUFURI SHITAITO OMOIMASU. Vol.12
ⓒYuumikan, Koin 2021
First published in Japan in 2021 by KADOKAWA CORPORATION, Tokyo.
Korean translation rights arranged with KADOKAWA CORPORATION, Tokyo.

리아데일의 대지에서

1~3

사고로 생명유지 장치 없이는 살 수 없는 소녀 '카가미 케이나' 는
VRMMORPG 『리아데일』에서만 자유로울 수 있었다.
그러던 어느 날, 생명유지장치가 멈추고 정신을 잃었다 깨어난 케이나는
자신이 플레이한 게임 세계에서 200년이 지난 곳에 있었다?!

현실이 된 게임 세계, 하이엘프 캐릭터 '케나' 가 된 케이나는
200년 동안 무슨 일이 있었는지 알아보면서 새로운 세계를 접해 나가는데——.

Ceez 지음 / 텐마소 일러스트

영상출판
미디어㈜

이세계 유유자적 농가

1~6

투병 끝에 젊은 나이로 세상을 떠난 청년.
신의 자비로 '건강한 몸'을 받아서 전이한 이세계에서, '만능농기구' 하나로
생전에 꿈만 꿨던 농사일을 시작하는데——
자유롭게 개척하는 대지, 개척한 농지로 하나둘 모여드는 새 가족들.
느긋하고 즐거운 삶이 여기에 있다!
게임 시나리오 라이터가 전하는
슬로 라이프×이세계 농업 판타지, 여기에 개막!

©Kinosuke Naito
Illustration : Yasumo
KADOKAWA CORPORATION

나이토 키노스케 지음 / 야스모 일러스트

영상출판
미디어㈜

이상적인 성녀? 미안, 가짜 성녀입니다! 1~2

어느 루트로 가도 메인 히로인이 죽는 게임, 『영원의 산화』.
그 끔찍함에 치를 떨고 잠들었는데…… 정신이 들어 보니,
사람들이 끔찍하게 싫어하는 게임 속 가짜 성녀가 되어 있었다!

기왕 이렇게 됐으니 레벨을 올리고 고결한 성녀로 위장하자!
그러자 게임 주인공에 학생들, 교사까지. 가짜 성녀의 숭배자가 늘어나
게임 시나리오와는 다른 형태로 상황이 전개되기 시작하는데……?

kabedondaikou, Yunohito 2022
KADOKAWA CORPORATION

카베돈다이코 지음 / 유노히토 일러스트

영상출판
미디어㈜

슬라임을 잡으면서 300년,
모르는 사이에 레벨MAX가 되었습니다
1~18

회사의 노예처럼 일하다가 죽고, 여신의 은총으로 불로불사의 마녀가 되었습니다.
이전 생을 반성하고, 새로운 생에서는 슬로 라이프를 결심해
돈에도 집착하지 않고 하루하루 슬라임만 잡으면서 느긋하게 300년을 살았더니——
레벨99 = 세계 최강이 되어 있었습니다?!
그 소문이 퍼지고, 호기심에 몰려드는 모험가, 결투하자고 덤비는 드래곤,
급기야 나를 엄마라고 부르는 딸까지 찾아오는데 말이죠——.

ⓒ Kisetsu Morita
Illustrations ⓒ Benio
SB Creative Corp.

모리타 키세츠 지음 / 베니오 일러스트

영상출판
미디어㈜